70年代博多青春記

好いとぅ

濠多きすい

吉備人出版

好いとぅ（すいとぅ）

70年代博多青春記

濠多（ほりた）きすい

吉備人出版

目次

一　九州の地に

井上陽水の「夢の中へ」が街角から流れる四月、十八歳の聡は、福岡空港から目的地に向かうため、バスに乗り換えて博多駅に向かっていた。若干の違和感を持ちつつも初めて見る外の風景に、新天地への心構えを身につけようとしていたが、逆に緊張感が増幅していくのを感じていた。

「げっ、電車の色まで違ってら」

博多駅に着いて、鹿児島本線のホームで電車を待っていた聡は、そう吐き捨てるように言った。生まれも育ちも板橋区小豆沢の町工場が集まる一角で、三人兄弟の末っ子の長男として、この春までいたのである。

「お前、いくら志望校が落ちたからといって、何も九州の大学を受けることなんかないだろう」

母親は内緒で願書を出した聡に、困惑を隠しきれない表情で言った。

「どこを受けようとおれの勝手だろ。それに東京から離れてみたいんだ。ほっといてくれ」

そう言って、二階に上がりかけた聡の背後から、

「何言ってんだい。誰がお金を出すんだい！　金を出すのは、父さんなんだよ。なんだいその勝手な言いぐさは」

母親の階下から腹に据えかねた言葉を聞きつつ、部屋のドアを閉めた。

日本において、華やかな産業としてもてはやされた繊維産業、今となっては既に過去の業種とな

っていた。その織維産業の織物業を営んでいる、両親の後ろ姿を嫌と言うほど見てきている。いつもいつも資金繰りに難儀をし、深夜まで働く両親に対して、感謝の気持ちを持ちつつも、まだまだ素直な行動に出せない、苛立ちも情けなかった。

「俺は、絶対違うんだ。違う生き方をするんだ」

自分自身の学力のなさから、志望校に連敗を喫しての結果である。別に九州の大学に行きたかったわけでもなかった。（都落ちなんか……菅原道真かよ）そんな気持ちで自問自答していた。しかし、それでも入学が決まれば、どこかで安堵した気持ちにもなれた。電車に揺られながら、ここに来るまでの描写が頭を廻った。


九州一の都市である福岡は、玄界灘を抱えるような広がりをみせた街である。博多から三つ手前の香椎という駅で降り立ち、とにかく大学のならびにある寮へと向かって歩いた。当面は寮生活となる。鹿児島本線沿いを歩いていると、「九州文理大学」と書いた看板が大学校舎の上を飾っている。

「へぇ～、意外と構えはいいじゃん」

まんざらでもない趣で、聡を迎えてくれた。その傍らに「香椎寮」と掲げられた寮がある。事前に荷物は運ばれていて、入寮手続と部屋を確認すべく、事務室へ赴いた。

玄関の左手にある事務室の小窓を覗きながら、

「失礼します。今度、工学部土木工学科に入学が決まりました羽村聡ですが、入寮許可をお願いします」

そう言いながら、事務室の初老の男性に、おもむろに香椎寮の入寮許可証を差し出した。いかにも定年退職して再就職したような男性が、「羽村、羽村……」と言いつつ名簿を見て、

「おお、君が羽村君か」

そう言いつつ許可証を受け取って、本人に相違ないか確認して、ハンコを付いた。そして控えを渡しながら、部屋のカギも聡に差し出した。

「君の部屋は二棟一階の二〇五号室だ。それと後で寮生活のオリエンテーションのアナウンスするから」

「ありがとうございます」

カギを受け取り一礼して、部屋へと向かった。寮は北から南へと三棟配置され、どの棟も三階建てとなっていた。二棟一階二〇五号室の部屋を開けると既に相方の荷物が二段ベットの上に置いてあった。（俺は下側を使えということか）独り言を言いつつ、ならばと勉強机は、南側を確保した。窓を開いて、暖かな日差しを浴びつつ、深く息を吸ってみた。なんとなく、ほのかな桜の香りがしたように思えた。あちこちから、入寮し立ての同僚の声と片付けの音が聞こえ、自分も入学式を明日に控え、荷物の整理をしていると、半開きになったドアをノックする男がいた。

「羽村君か？」

「ハ、ハイ」

「君が羽村君か」

「はぁ？」

「塚口だ。二棟一階の寮長を任された。君の先輩だ。都立小豆沢高校の」

まだ、その男が発する音声に、聡は理解できていなかった。

ハッとして、

「ハ、ハイ。羽村聡です。よ、宜しくお願いします」

こんな地で、高校の先輩に会うとはゆめゆめ思わなかったことである。一礼する聡を見て塚口は、少し苦笑いしながら、

「慣れない土地だけど住めば都よ。まあ、なんか困ったら相談しろよ」

「ハイ。ありがとうございます」

そう言って先輩は、行ってしまった。

「そうか、いるんだ。福岡にも」

妙な安心感にひたりながら、荷を片付ける。両親とは、明日開かれる入学式の会場で待ち合わせとなっていた。あいかわらず自転車操業の家内工業である。両親が揃って休みをとることなんてかってあっただろうか、とそう思いつつ、聡は一人部屋で過ごしていると、相方であろう、どことなく田舎風の男の子が入って来た。

「こんにちは」

「こんちは」

どことなく互いを物色している目になっていた。言葉が続かない。

「あっ俺、羽村聡。宜しく」

「平井誠です。佐賀の伊万里出身です」

「あの伊万里焼きの？」

「うん、伊万里ば知っとうとね？」

その青年は一瞬であるが、聡に親近感を持ったような顔をした。

「いやー名前だけしか知らないんだけどね。とにかく、宜しく」

「こちらこそ」

初対面で、同室となるいわゆるルームメイトである。いさかいもなく、はたして和気藹々とやっていけるのか、不安は互いに持ちつつ挨拶をかわした。

互いに、荷物を片付けていると、夕食をかねてのオリエンテーションが始まるから、食堂に集まれというアナウンスが流れた。聡は、同室の平井と共に食堂へと向かった。各階それぞれ十四室二十八人。つまり二百五十二人がこの寮で生活するのである。聡のいる二棟一階は、工学部の建築と土木の学生でしめられていた。寮規則や、大学生活全般の話、さらに各棟各階の寮長の紹介など。わが先輩の塚口さんは、建築工学科四年で水泳部所属と紹介された。夕食は、カツカレー、サラダ、果物、ジュースなどである。大学生になったとはいえ、さすがに酒類は出ていない。未成年だから当然といえば当然なんだが。

五時から始まった一連のスケジュールも、七時には終了。部屋に同室の平井と戻ると、両隣の寮生が部屋を覗きに来た。

「やあ俺、長崎出身の加藤」

「俺、沖縄出身の下里。宜しく」

「こちらこそ、宜しく」

「おう俺、広島出身の小西」

「僕は、愛媛出身の北条」

「俺、東京出身の羽村」

「えっ？　東京？　すごかねー。なんも九州まで来んかっちゃ、よかろうもん」

長崎出身の加藤がそう言った。聡にはそれが聞き取れず、

「あ？　うん……」

「九州まで来なくても、他になかったかって聞いとるとよ」

同室の平井が訳してくれる。

「ああうん、まあね。そうよく言われるよ。まあ、いいじゃん。いろいろあるから」

「そうくさぁ、よかよか」

平井がいち早く納得していた。いい奴ばかり……であって欲しいものである。

とにかく、大浴場へ「にわか友人」を伴って、初日の疲れを落としに行った。わずらわしい親から逃れたいがために、そして志望校に入れなかったみじめさを改めたいがために。九州まで来た聡の脳裏には、今夜も遅くまで働く両親の姿が焼きついたまま、なかなか寝付かれなかった。「俺は、親不孝をしてるんだろうな。でも、違うよな。俺らしい生き方をしなくっちゃ」そう思いながらも、もう一人の自分が一生懸命働く両親に感謝していた。そんな気持ちを抱きながら眠りに着く聡であ

った。

　こうして、福岡での初日が過ぎていった。


　翌日の朝六時半、いきなりオールディーズの「悲しき雨音」の音楽が流れる。

「え～、なんだよ。こんなに早く」

　優しく奏でるっていうものではなく、一喝するような音量が部屋に響く。眠い目をこすりつつ、皆が部屋前の廊下を窺う。どうやら、起床の音楽らしい。さすがにラジオ体操はしないものの、こんなに早く起こして何をするんだろうと思うものである。洗顔を済ませ、食堂へ向かう。朝のメニューは、和食と洋食の中から選ぶようになっている。とはいうものの、要はご飯と味噌汁、漬物、サラダ、おかず。洋食はご飯の代わりにパン、味噌汁の代わりに牛乳。あとは同じということである。

　徒歩十分くらいなところにある大学であるが、入学式は、収容人数が二千人という、福岡市中央区にある九電記念体育館で挙行されることになっていた。地方からの新入生や父兄に配慮して午前十一時からとなっている。前日に入寮している聡たちは、各自現地に集合となる。

　福岡市の公共機関は、国鉄、西鉄が覇を競い合った仕組みになっているが、俄然西鉄の天下であろうか、市内を走る路面電車を始め、バスは西鉄しかない。それもバス専用レーンまである。さらに、路線バスが連なって走行する様は、まさに怖いものなしであろう。聡は寮で知り合った仲間と、西鉄宮地岳線の香椎駅から貝塚経由で、福岡市内線に乗り換え、渡辺通り一丁目から城南線の「薬院大通り」で降りた。

九電体育館前の通りでは、文理大の学友会所属の学生の熱烈な歓迎を受ける。式典の前ではあるが、新入生や父兄で辺りは、華やいでいた。（こりゃあ、親父やお袋を見つけるには容易じゃあないな……）と思っていると、

「さとし！」

と背後から聞き覚えのある声がした。後ろを振り返りながら、人ごみの中から父親を見つけた。

「親父！」

父親にしては随分格好よく着たつもりの背広姿であった。手を振りながらお袋と早足でやって来た。お袋も随分めかしこんでいる。

「いつ、東京出発したの？」

「昨晩にきまっているだろう。なんせ、九州だからな」

額の汗をズボンから取り出したハンカチで拭いながら父親がそう言った。（親父も、随分と白髪になっている）そう思いながら、

「ああ、疲れなかったかい？」

と言いつつ、何いたわりの言葉かけているんだという、もう一人の自分が問いただしていた。ちょっと、苦笑いをしつつ、「じゃあ、一緒に入ろう」と、親孝行のまねをしている自分を想像しつつ、館内に入っていった。式典そのものは、一時間くらいか。学友会の部員勧誘を、両親を盾にしてかわし、電車で博多駅へ向かう。

「昼過ぎになっちゃっているけど、せっかくだから博多ラーメンでも食べる？」

「うまいのか？」

「さあ〜、俺も食ったことないし。ものはためしってこともあるし。とにかく、入ろうぜ」

駅前の「長浜」というのれんのかかった店に入る。道を挟んで博多駅が見え、黒田武士の胴像も見える。やたらと、にんにくの匂いが店内を覆っていた。（すげぇや）

「いらっしゃい」

とにかく、カウンター席に両親と三人座る。やたらと「博多名物とんこつ」と書かれた張り紙がある。

「何しましょう？」

カウンター内の店の大将が愛想良く聞く。

「すみません。その……トンコツを……」

「とんこつ三つね」

えたいの知れないものを頼むかのような口調で、聡が言った。あたりの客のラーメンをすする姿を見つつ、紅生姜とすり下ろしにんにくを載せる仕草も、まるで常連客のような、それでいて恥をかかないように、素早く習得する聡だった。手際よい姿を眺めていたら、間なしに「はい、お待ち！」カウンター越しに大将が、渡してくれる。スープが白いし、麺が物凄く細いのである。まるでソーメンのようだ。早速、習得した紅生姜とすり下ろしにんにくと、さらにすりゴマをかけて食べてみる。

「なんだこの味は！」

今までに食べたことのない喉越しだ。

「ほう、うまいじゃあないか」

と親父が言う。

お袋は「中華ソバとは、違うんだね」そう言いながら、食べている。聡も、この食感が気に入ったのか、黙々と食べる。若いだけあって、やはり食べるのは早い。それを見た大将が、「お客さん、替え玉しますか？」と尋ねてきた。

「えっ！　替え玉？」

わからないまま、知ったふりして「いや、今日はいいです」と言ってしまった。すると「おっちゃん、替え玉ば、くれんね」聡と同じカウンター席に座っている奥の客がそう言うと「替え玉一丁！」と威勢の良い声をしたかと思うと、麺を素早く湯がいて、スープだけ残している客の器に入れた。「これが替え玉か」聡は、まるで新しいものを発見したかのように満顔の笑みで見ていた。

「さあ、出ようか」いつのまにか、食べ終えていた親父がそう言って、店を後にした。

三人は鹿児島本線のホームに立ちつつも時間をもてあましていた。

「とにかく、父ちゃん達も、お前が卒業するまでの四年間は、歯を食いしばっても頑張るから、お前も頑張れ」

春とはいっても、まだまだ肌寒い。時折ホームを駆け抜ける春風に、父親の白髪頭が乱れる。

「ああ」

「聡、体には気をつけるんだよ。時々で良いから、電話かけてくるんだよ。母ちゃんもかけるからね」

お袋は、聡の腕を掴んでそう言った。ほんの少し、涙ぐんでいるように聡には見えた。

「ああ、お袋も、あまり無理すんなよ」

（やっぱり、これでよかったのだろうか）そんな気持ちも湧いてきた。

「わかってるよ。ありがとう」

そんな会話になると、自然と聡と父親と母親との立ち位置が、別れを表す格好になっていた。

「父ちゃん達は、『あさかぜ』の乗車まで、もう少しあるから、お前先に帰りな。明日から授業だろ?」

鹿児島本線のホームに、電車が滑るように入って来るのを見た父親が言う。

「うん、じゃあそうするよ。親父、頑張るよ」

「ああ」

聡はそう言って、赤間行きの普通に乗った。自動ドア越しに、手を振る両親の姿が小さくなって行く。（これで、しばらくは一人暮らしだ。そう思うと、ちょっぴり寂しくもなるな）そう思いつつ、玄界灘の海を眺めながら、寮へ戻って行った。

二　友人

「今度の土曜日、寮生の歓迎コンパを開催するから、皆参加するように」塚口寮長のお達しである。

寮長の特権なのか、彼は二〇一号室に「一人部屋」として入居している。

「平井、教養課程は仕方ないにしろ、専門課程の単位取得も含めると、毎晩五時まで授業になるんだぜ」

履修表を見ながら聡が心配な口調で言った。

「仕方なかよ。一、二年で最低でも履修単位をクリアしてないと、三年次で留年になってしまうとよ」

ここの大学でもそうなのかと不安になった。聡にとって、一番の難関は教養課程の数学であった。彼は、数IIAまでしか、まともにしていなかった。どうみても数IIBが必要であった。(俺、イマイチ微分、積分が苦手だし……)高校時代、いい加減にしてきたことが、今になって悔やまれるのである。あらためて先行きに不安を抱いていると、隣の加藤と下里がやって来た。

「おう、今度の土曜日、噂では酒もでるらしいったい」

「本当か」

「らしい」

「よ〜し、盛り上がろうぜ」

「そうくさー」

加藤はスラッとした長身で、おっとりした奴である。下里は小柄であるが、可愛らしい顔つきで、もて顔である。案の定、よくよく話を聞くと地元に許婚がいるという。歳を聞くと聡より、一歳上とのこと。沖縄が日本に復帰して間がないが、琉球政府と呼ばれていた時期、沖縄県民は、皆英語が話せると思っていたのは、聡だけじゃあなかった。うかつにも、そんな話をすると、「本土の人間に何がわかる！」と一喝された。一瞬不穏な空気が流れたが、加藤が「まあよかよか。同じ日本人じゃあなかかね。さあ、握手、握手」そう言って、その場の空気を和らげた。

いよいよ週末となり、二棟一階の寮生歓迎コンパが午後六時から香椎の商店街にある「翠基楼」で開かれた。聡は同室の平井、両隣の加藤、下里、小西、北条らと連れだって出かけた。

「翠基楼」は西鉄香椎駅や西銀近くにある中華料理店であった。

畳のある奥座敷へと進むと、すでに十五人くらいの仲間が来ていた。適当に座っていると、斜め向かいの男と目線が合った。聡が軽く挨拶すると、その男も同室の子と同時に軽く目で返した。顎が妙にしゃくれあがった奴だが、目元は優しい感じである。その相方は、逆にいかにも長髪禁止だった校則から脱出したばかりのような、伸びかけの頭をしている。

流石に六時前には寮生全員が席に着いた。

上座に座っていた塚口寮長が、立ち上がり、咳払いを一つして挨拶をする。

「皆んな、入学おめでとう！　ようこそ我が文理大へ。これからの一年、共に生活する二十八名だ。ここにいる皆んなは、土木と建築の技師を目指す者であるが、共に仲良く一年間を送ってもらいたい。まあ、そんな能書きはこれで終わり。酒も焼酎もビールも、これは予算の都合で何本でもとはいかないが、飲んで食べて友情を培ってくれ。もちろん、無礼講だ。じゃあ、皆んな乾杯の準備をしてくれ」

寮長の掛け声で、「スポッスポッ」という心地よいビールの栓を抜く音が響く。皆のコップにビールが注がれた。

「準備できたか?」

「……」

「おい、おい、最初が肝心! 返事は? 準備はいいな!」

「おう」

「よ~し! じゃあ、乾杯!」

「乾杯!」

一斉にコップを傾けた。

新しい仲間との生活の第一歩である。予算がいくらかは知らないが、誰もが箸を進める。寮生の年齢は、基本的には十八歳が大半を占めている。しかしながら、年上の者も何人かはいるらしい。大半が未成年ではあるが、酒もタバコも流暢にこなしている。

「羽村、これうまかぞ」と、加藤が海老チリを勧める。「サンキュウー」そう言って、聡は箸で取ろうとしたとき、しゃくれ顎の奴も海老をねらっていた。聡は親交を深める意味合いから「皿貸しなよ」と言って相手から皿を受け取った。

「ああ、ありがとう」申し訳なさそうな顔つきから親近感を得たように変身したそのしゃくれ顎であった。

「俺、二〇五号室の羽村、宜しく」

皿に海老チリを盛って、しゃくれ顎に渡しながら、聡が言った。

「ああ、俺は二〇二号室の織田、宜しく」

そう織田が挨拶するついでのように、同室らしい伸びかけの頭の子が、

「俺、鹿児島出身の田中、宜しく」

「宜しく」

「ああ、言い忘れた。俺、大分出身」

そのしゃくれ顎の織田が付け足して言う。やはり、九州一円からの出身者が多いのは、当たり前だなと聡は心で納得していた。

「で？　羽村……君の出身はどこね？」

「俺、俺は……」と言いかけた途端「こいつ、東京」と、同室の平井が代弁してしまった。

「えっ！　東京から？」

織田も田中も驚きよりも、そのわけを聞きたいための声に違いない様子である。

「九州に来たことないから、四年くらいは、いてもいいかなと思ったまで」と、相手の心を察して聡が答えた。

「なんか、よかねぇ～。東京の奴と知り合えて」

都会への憧れなのか、これで一気に和んだ感じとなった。

宴もたけなわとなり、寮長が「じゃあ、この辺りで各自、自己紹介といこうか。一人一分で。部屋別で行くからな。おい、二〇二号室の織田、お前から始め！」

その寮長の指示で、自己紹介が始まる。流石に、東京出身は聡だけで、大概は九州、四国、中国あたりまでであった。大阪、兵庫という関西人も五人ほどいたが、聡にはそんな出身地など、どうでもいいことで、いちいち織田と同様の気持ちを持つ仲間の視線が嫌だった。

ところでアルコールであるが、ビール、日本酒はともかく、焼酎は初めての体験であった。「白波」と書かれた一升瓶を嗅ぐと、芋焼酎独特の匂いなのか、鼻についた。

「うっ！　これは強烈だ」

聡は、敬遠しようとテーブルに置き直すと、すかさず寮長が

「おい！　羽村！　なんばしょっとか！」

「えっ？」

「そげな顔ばせんと、一杯挑戦してみー」

「えっ！　あっ！　いや、もう充分頂きましたから」

「な〜ん、貴様（きさ）ん、俺の後輩やろうもん。おい、田中ついじゃりー」

そう指令を受けた田中は、

「羽村君、キリンレモンと割って飲むと飲みやすかよ」

と言って、手際よく作ってくれる。

「慣れているね」

手渡ししてくれる田中に対して聡がそう言うと、

「家で、よくこうやって飲んどったと」

人は見かけによらぬとはこのことだ。酒など全く受け付けそうにない風貌なのに。「先輩！　作っていただきました！」と、コップを高々と上げると、既にでき上がっている寮長「そいでん、よか！」とご満悦である。（四年もいると、九州ことばが身につくのか）そんな思いもしつつ、覚悟して一気に飲み干した。すると、まわりの連中が一斉にさらにはやし立てる。約二時間の宴も無事終了。どうやって寮まで帰ったか、全く覚えがないが、翌朝自室で寝ていたということは、無事だったのであろう。少し、頭が痛かった。初めての二日酔いであった。

三　出会い

入学してひと月、新緑の季節となり、幾分五月病にかかる傾向でもあるが、気分は木々の芽吹き同様に弾んでいた。

「聡！　今度大濠へ行こうぜ」と、次の講義がある階段教室に向かう途中、織田が後ろから声をかけた。

仲間からの呼び名も、「聡」に変わっていた。

「何？　それ」

「大濠公園くさ～」

「何かあるの？　その公園」

聡が聞きただすと、小声になって、

「ナンパしに行こうや」と、織田が言う。

「そんなにいい娘いるのか?」

「この前、二一〇号室の鈴木らが行ってくさ、次会う約束をしたげな」

「本当か?」

「本当くさ」

「そう簡単にうまくいくと思うか?」

「駄目でもともとやろうもん」

季節の陽気も手伝ってか聡も、

「じゃあ、今度の日曜皆んなで行くか」

「行こ、行こ」

ナンパできるともわからないが、気分はすでに成立していた。必修科目の水理工学の授業中も、何人で行くかの伝言メモが教室を飛び交っていた。

「聡、明日何着ていく?」

「何って、GパンにTシャツしか持ってないし。平井は?」

「俺も同じだ」

一日の授業を終え、二段ベットの上にいる平井に椅子に座って聡が答えていると、部屋をノックしながら開け放って、隣の加藤と下里が入って来た。

「ところで何時に出ると?」と下里。

「十時くらいで、よかろう？」と平井。その声を聞きつけて、

「十時に出よったら、昼前になるっちゃ」と、織田がもっと早く出ようと、そう促すような言い方で間に入る。

「そんなに、早く出ても誰もいないだろうに」

「聡、甘い！」

と、二〇六号室の北条がドアの後ろから会話に入る。

「お前、いつのまに。誘ってなかろうもん」

「誘ってくれなくても、ついて行くのが俺の得意とするところ」

等と変に突き進む北条が言う。

「勝手にすれば！」

「勝手について行く」加藤の言葉に、ムッとしているのがわかる。

「まあまあ、皆んなで行けばよか」

どうにかまとめようと田中が言う。

「ここは、平井の言うように、十時くらいでスタートしよう」

織田は、寮の歓迎コンパで西城秀樹の物まねを披露してから、「ヒデキ」と呼ばれていた。「聡、俺は早めにとは思うけど、十時とは言ってなかろう」

「それぐらいにしようよ。丸く治めるためばい。よかよか」

「何(な)んね？　お前の博多弁いろんなイントネーションが混ざっとうやなかね」

加藤が吹き出しそうに言うと、

「よかよか」と聡。

「お前はなんでん、よかよかですましたーごとある」今度は、愛媛出身の北条が笑いながら言い放つと、

「お前に言われたら、お仕舞いたい」

広島出身の小西が調子づいて割り込んだ。九州出身の者一同「もう、ぐちゃぐちゃ」皆、苦笑しながらも、明日の大濠でのナンパを楽しみにしていた。


日曜日の朝、皆んなの気持ちが通じたのか、五月晴れの中、平井、聡、加藤、下里、小西、北条、織田、田中の八人は、珍しく寮の朝食を全員揃って食して出かけた。西鉄香椎駅から宮地岳線で貝塚まで。そこから福岡市内線の5番系統か、25番系統で西公園まで行くことになる。

「下里、お前決まっているな」聡の声かけに「そう?」と言いながら、沖縄の「かりゆし」を着込んだ下里もまんざらではない。

彼は一浪していて、家業の工務店を継ぐため、資格第一に大学はどこでも良かったという。しかしながら、本当の理由は既に許婚がいることであった。「かりゆし」は、出身地沖縄らしく、南国風の色彩豊かなアロハシャツのような感じであった。それぞれ思い思いの格好をして、電車の中での会話が弾む。が、各出身地の言葉は、同乗の人達から異様に見られていた。

聡が「さあ、十一時だ。どうする?」そう言いながらも、西公園に着いた一行は、誰一人足を止

めることなく、反対側の大濠公園に入って行った。

「でっかい濠だ。あっ、だから大濠か」当たり前な答えに聡は一人ふいていた。

黒田官兵衛と長政親子が築いた福岡城の外濠址と公園の入り口の説明板に記されている大濠公園は、濠の中央を散策用に、観月橋と三つの小島を連ねて趣きのある散策道となっている。濠を一周するも、この小道を散策するもいいようになっているのである。聡たちが観月橋にさしかかり、色気のない男連中一行で写真を撮っている最中、ちょうど二人の女子高校生が南側から、散策用の小道を北に向かって歩いていた。

二人は、土曜日の午後に、福岡市随一の繁華街天神で「ある愛の詩」という洋画を見て、今日は同じ天神でショッピングをしての帰りだった。

「奈々、昨日の映画良かったね。もう最高ったい。私もああいう恋愛したか〜」と、瞳を輝かせて、陽子が言った。奈々は、「陽子には、彼氏がおるやなかね」と、陽子を見ないで、あたりの風景を見ながら言った。

「何んば言うと？　あん人は、彼氏じゃなか。ただのボーイフレンドったい」

呆れたと思いながら奈々は、

「へぇー、よく言うねぇ〜。何があっても知らんけんね。まあ、なんでん、よかばってん」

未だ彼氏のいない奈々にとって、ボーイフレンドがいても、簡単にあしらう陽子が、うらやましく思っていた。二人とも中学時代からの親友であったが、高校は互いに違う女子校へと進んでいた。

「さあ、野郎ばっかの記念写真も撮れたから、ここらでナンパ開始といこうや」

と、独自について来た北条が言うと、

「とにかく、ばらけようや」と下里。

「よし。とにかくうまくいったら、次回のデートくらい約束しような」

もうなんでもいいから、早くスタートを切りたがっている聡がそう言い放った。

「じゃあ、後で観月橋のたもとに集合ってことで」と加藤。

「おう！」いっせいにスタートを切った。

元に引き返して、橋の左手方向へ向かう、加藤と小西と田中。一方、下里と北条は右に曲がった。

聡が「ヒデキ、真っ直ぐ行かないか？」

「よかよ」ということで、二人して南方向へと進もうとして、後ろを振り向くと、平井が動こうとしないでいた。

「おい、平井。何んしょっと？」

「俺は、まあここで物色するったい」

「ふ～ん」

「まあ、健闘ば祈っちゃるけん。聡、行こうや」

ヒデキは聡にそう言って、二人歩き始めた。

聡が「ナンパするにも、アベックばっか。陽気もいいしね」

「何んも、いきなりナンパできると思って、来たわけやないったい。まして、女の子と付き合おうたこともなかけんさ」

皆でいる時と違った顔になったヒデキに幾分驚いた聡が、

「本当か？」

　と立ち止まって尋ねた。

「本当くさ」

「じゃあ、どうしてナンパしに行こうなんて言ったんだよ」

「大学生になって、女の子の一人もできんで、格好悪かよ」

「そんなこと、無理してつくるかよ」

「無理じゃあなかよ」

　ヒデキの真顔で話す様子を見ながら、方法は違っても、自分を変えたがってる奴がここにもいることを知った。その気持ちを察して「まあ、可愛い子いれば、声をかけようぜ」前を歩くヒデキに駆け寄って言う。

「ああ」そう言ったものの、聡自体「ナンパ慣れ」しているわけではなかった。

　中学、高校と自分が想う子には、ことごとく振られていたし、高校三年の時には、二つ年上の女性に夢中になって、大事な時期を大学受験に集中できなかったという、つまらない体験もあった。家から離れたい一心で、九州まで来た理由は、こういう要素も含まれていたのである。

「陽子、なんかカッコ良くない？」

「何ん？」

「前から来る二人」

「どっちが？」

「細い方」

「うん、まあね」

「どうしよう」

「何んがね？」

「声かけられたら、どうしよう」

「どうも、せんでよか」

「何ん、その言い方」

奈々は、自分に彼がいる陽子が、そっけなくする態度が面白くなかった。

「声なんか、かけられるわけなかろうもん」

「そげんこつ、わからんたい」

奈々の精一杯の抵抗である。

そんな会話をしている二人に、聡が気が付く。

「ヒデキ、可愛い子いるじゃん」

前方から歩いてくる二人連れの女の子を顎で示す聡に、

「いや〜、聡もったいなか」

ヒデキの頬が緩む。

「何がもったいなかなん？」

「このまま、素通りはなかろうもんってこと」

「よし！　まかしんしゃい！」

九州人会の寮生の中にいて、すっかり九州弁が言葉に組み入ってしまった聡である。女の子と目線が合った。（どうする？　どうするって。早く声かけしないと、通りすぎる。早く言えよ！　早く！）聡の心臓が異様な速さで脈打つ。奈々は、（何かきっかけをつくらないと。きっかけを。あ～、駄目だぁ～）聡が、噴出しそうな息と共に声を出した。

「こ、こんにちは。あのー」

奈々の顔が緊張でこわばる。

「は、はい」

「い、今時間ありますか？」

「えっ？　時間ですか？」

「はい。ちょっとだけでもいいんですけど」

奈々と陽子は目を合わせる。奈々の気持ちを既に読み切っている陽子は、（良かったね）と目で合図した。奈々も（やったね）と、微笑み返している。そんな二人を見ていた聡とヒデキは、ナンパ慣れしていない俺たちを見透かされているのかと、恥ずかしい思いをしてるこの場からいち早く立ち去りたい気持ちを抱いていた。

「福岡は、初めてなので、案内してもらえたらと……」

「いいですよ」

奈々の弾むような返事を受け、素直に「ありがとう」と言いながら、聡もヒデキもむずがゆい顔が、徐々に安堵の笑顔になっていった。

セミロングの髪をしている奈々とショートの陽子は、聡とヒデキと連れなって、観月橋方面へと歩き始めた。なるべく笑顔で、話題を持ちつつ、間を空けずに喋ろうと心に念じる聡に対して、ヒデキは全て聡に一任しているそぶりになっていた。

「この公園の近くなの?」聡の問いかけに、

「いえ、ちょこっと離れています」

と、奈々が答えた。これは、完全に用心している回答かな、と思った聡だったが、いちいち気にしていても仕方ないので、とにかく橋を渡って、湖畔にあるレストランに入ることにした。

ちょうど、大濠公園の入り口に立地しているこの店は、三階建てになっていて、一階は土産品が並べられていて、レストランは二階にあった。南向きの店内からは、大濠公園が一望できて、実に眺めが良かった。

「何にする?」聡が聞くと、二人とも「オレンジジュース」と答えた。

「じゃあ、俺は紅茶かな。ヒデキは?」

「俺は、コーヒーでよか」

手を挙げ、ウエイトレスを呼んだ。

「すみませんが、オレンジジュース二つに、紅茶とコーヒーをお願いします」

「紅茶はレモンティーにしますか？　ミルクティーですか？」

「レモンで良いです」

「かしこまりました」

ウエイトレスが去ってから、

「あらためるのもなんだけど、俺、羽村聡といいます」と、聡が言いつつヒデキの脇を肘で突いた。

「あっ、俺、織田勝彦といいます。宜しく」

緊張しているのか、ヒデキの声が上ずっていた。

「私、福田陽子です」

「私、桜井奈々といいます」

聡が、「どちらも良い名ですね」褒めたつもりであったが、二人とも気づかないのか、それに対する返答はなく、陽子が尋ねる。

「大学生なんですか？」

「ああ、文理大です」

「文理大って、東区にある？」

「そう」

「ふ～ん」その返事に聡もヒデキも（何？　それ？）と、心に不安が湧き起こった。すると、ヒデキが「二人とも大学生？」と意を決して話しかけた。

奈々が、

「見えますぅ？」

「えっ、違うの？」

「高校生です」

と、陽子が声を弾ませて答え、さらに「それも女子高校」

聡とヒデキが一斉に、

「じょしこうこうせ〜い？」

「はい」

男二人は顔を見合わせ（やったね！）と、目線で会話した。

「もし、良かったらでいいんだけど、どこの高校なの？」

「私は、博多女学園。みんなからは、博女って呼ばれてます」

奈々は、「私は、鳥飼女子高校。みんなは、鳥飼かな？」

「本当〜」と男二人。学校がどこにあろうとも、関係ないのである。場所も知名度も県外の者がわかるわけがない。女子高校生というだけで、幸せだった。

その時、ウエイトレスが、注文の品を運んで来た。戻っていく姿を確認して聡が、

「えっ、それで何年生？」

「二人とも三年だよ」

陽子が答える。

「俺たち、一年」

とヒデキが答え、聡もすかさず、

「一つ歳が違うだけだね。何かいいことがありそうな歳の差だね」

と、意味のつかめない、たいして面白くもない事を言いつつ、自分でつまらない事を言ってしまったと、心で悔やんでしまった。

奈々が、聡を見ながら「東京だよ」「福岡、初めてと言ってたけど、出身はどちらなんですか？」またかよと、心で思いながら「東京だよ」と答えた聡に、

「えっ！　東京から福岡に来たんですか？」

「ああ」

これ以上、説明するのが面倒な聡は、

「福岡もいいところだね」

と答えて、それ以後の質問を封じた。

一人残されたヒデキに対して陽子が、

「織田さんは？」

「俺は大分」と答えたヒデキは、それ以降の話を延ばすことができないでいた。大濠公園にはよく来るのか等とあたりさわりのない会話をしばらく交わしていたが、なかなか次に会う約束ができないでいた。何か、きっかけを作って決めなきゃと思っていたら、ちょっと場がしらけてきていることを察した陽子と奈々が「私たち、買い物の帰りなので、これで……」と、二人で合図したかのように言う。

「ああ、ありがとうね。呼び止めたりして」

「いいえ。楽しかったです」

と、奈々が答えた。もちろん、形式的に聞こえていたのだが、それでも男二人は嬉しかった。店を出ると、女子高校生たちは「さよなら」と言って歩き出した。一度だけ振り向き手を振ってくれた。そして二人でヒソヒソ話をするような格好をしながら大通りに向かって行った。

「良かった？」

聡の問いに、

「まあね」

とヒデキ。「二人とも可愛かったね」と聡。男二人は、陽子と奈々の姿が小さくなるまで、その場にたたずんでいた。そして、同時に溜息をついた。

「ヒデキ、皆んなもう橋のところにいるかもしれないから、行こう」

聡はそう言いながら歩き始めた。ヒデキも歩き始めると、前方の観月橋に見覚えのある顔ぶれがいた。加藤と小西である。

「田中は？」

「あいつ、ボート乗り場へ行くって」

と小西。どうやら、ボートでハントしようとするらしい。

「ボートに一人で乗りにくる子なんかおるわけなかろうもん」

理解できないという言い方を加藤がした。

「でも、よかくさ。なんか意味があるっちゃろう」

短く小西が言った。

加藤たちのナンパできなかったことがこれでわかった。

そうこうしていると、平井が濠の左手から戻って来た。

聡が「どうだった？」

「一周してきた」

「それで？」

「疲れた」

これで結果がわかった。

次に、下里と北条が、南から散策道を歩きながら戻ってきた。

「下里、どげんやった？」

ヒデキの問いに、彼は両腕を大きくクロスさせた。駄目だったということだ。北条が「田中は？」と、言いながら、これまた疲れた顔を向ける。聡が「田中はボート」と言うと、加藤が「あれ、田中やろうもん」皆いっせいに一隻のボートを見た。

「一人で乗ってからに、何んが面白いっちゃろうねー！」だれもが、口々に言い放った。と、同時にナンパのむずかしさも知った言葉だった。

「たなかぁ～、もうかえろうやー！」

皆んなの声で、大きく手を振る田中。一人で乗るボート、やはり惨めっぽい。

「ところで、聡たちはどうやった？」

小西の問いに、やっと聞いてくれたとの思いで「バッチリ」とＯＫの合図をして、聡はヒデキと見合った。笑顔になった加藤がつかさず、

「どやった？　歳は？　どこの子？　名前は？」

ヒデキが自信たっぷりに、

「じょしこ〜こ〜せ〜」

もう、顔はにやけている。

「なにぃー！　そ、それでどこん高校か？」

皆んな二人に近寄って、問いただす。

「いやあ、鳥飼とか博多とか言っていた」

「で、名前は？」

「奈々とか陽子とか言っていた」

北条が「で？」

「何が？」

「だから、次の約束は？」

「いや〜、時間がないって言うから、そのままバイバイ……」

と、言いながらしだいに先ほどの得意気な顔つきから、バツが悪い顔つきに二人ともなっていった。

「な～ん。そいじゃあ、何んもならんとやなかね」

平井は冷めている。と、言うより冷静だ。今まで、興味深々で聞いていた皆んなは、何もなかったように「田中、はよう戻って来い！」と再び、田中の乗っているボートに向かって叫んだ。

「腹減ったな」

と、加藤が呟く。

「ああ」

皆んな、妙に疲れた表情をしている。

「天神か、近くの西新でなんか食おうや」

聡とヒデキ以外、それに賛同する。

そこに田中が戻ってきた。

「皆んな、どげんやった？」疲れた雰囲気に気づいたのか、田中もそれから聞かないほうがいいと察した。それでも、歩きながら小声で側にいた小西に「どうやった？」と、聞いてみると小西が不機嫌に「もう！　よか！」と一喝する。（怒ることなかろうもん）心でそう思いながら、さっぱり状況をつかめきれない田中だった。

当然、末尾は聡とヒデキが歩いていた。二人とも彼女たちが帰って行った方向を何回も振り返りながら、そして無口になりながら、天神で食事して、スポーツセンターあたりを廻ってから寮に戻り、ナンパに参加した連中と食堂へ行っての帰り、皆んなより少し遅れ気味に歩くようヒデキが聡を促す。そして周りに誰もいなくなると聡にこう話し出した。

「聡、どっちがタイプやった？」

「昼間の子？」

「うん」

「どっちも可愛かったな」

「だから、どっちなん」

「奈々ちゃんもよかったけど、陽子ちゃんも島田淳子に似て良かったなぁ」

「だから！　どっちがよかね！」

「何？　どうした？」

「俺、奈々ちゃんが忘れられんとよ」まるで別人のように真顔になったヒデキに、

「奈々ちゃんも可愛いね」と、レストランでの場面を思い浮かべる聡。

「俺、諦めきれんと」聡はヒデキを見て
「だから？」

「だから聡、来週もう一度、二人だけで大濠へ行かん？」

「そりゃあ、構わないけど……そうだな、俺ももう一度会ってみたいし。良いよ、行こう」「だよね」

　ヒデキの奈々を思う気持ちを強く感じた聡だったが、聡自身はまだヒデキほどの思いを奈々には抱いていなかった。（奈々か……）そう心に呟き、ヒデキの真顔な顔を見て部屋に戻って行った。

翌日、一時限目の法学が始まる前、昨日の話が聡の廻りに広がっていた。すると同じ寮生で三棟一階にいる安東が、

「聡、鳥飼の子とデートしたとや?」

「デートというほどではないけどね」

もう、この話は触れられたくなかった。どうせ最後は笑われる結末になるだけだからである。

「聡は、地元やなかけんくさ、教えちゃるばってん、博多んでん、筑紫ケ丘女学院と桜坂女学園、鳥飼女子高校の三大女子高の子と付き合えたら最高ったい」

「へぇ~、またどうしてそうなんだ?」

「彼女にするなら筑紫ケ丘。嫁にもらうなら鳥飼。どちらか迷ったら桜坂っていうくらい、とにかく可愛い子が多く、礼儀正しいっちゃ。それに鳥飼なんかは元々が料理専門ばい。料理を作ってもらえば最高。もっとも三大女子高が駄目でも博多女学園っていう切り札もあるばい」

そう言う安東の言葉を聞きつつ、可愛い子というのは当たっていると思った聡である。「おっ! 先生が来た」

皆、席に着く。

聡は、(奈々ちゃんも陽子ちゃんも可愛かったな。ん? 陽子ちゃんの通ってる博女って、どこにあるんだろう。奈々ちゃんは、鳥飼なら大濠の近くにあったんだ。まあ、そんなことはいいか。今度の日曜に会えば……しかし、会えるだろうか? まっ、いいか)

そう物思いにふけっていると、「聡! 聡!」とヒデキが身を伏せて小声で呼んだ

「何?」

「バカ、出席の返事ばせんね!」

「あっ、先生! ハイ」

「君は本当に羽村君か?」

「ハイ、そうですが」

「代弁じゃあないだろうね?」

「いえ、本物です」

「バカ者、違いますという者がどこにいる!」

教室の中が笑いでスタートをきった
(奈々か……)法学の講義内容は、全て奈々と陽子で埋めつくされた聡だった。


「石ちゃん、ちょこっと話があると」

午前中の授業が終了して、教室内が解放感でいっぱいになっている中、奈々は、そう言いながら、石島を教室の隅に誘った。三階にある教室からは、筑肥線の鳥飼駅や、六本松あたりの九大教育学部が見える。何かを頼みかける奈々の顔はすぐわかる。

「奈々なんね?」

またかと思いつつ、すでに受け皿を用意して聞く。

「あのねー、昨日の日曜ね、中学時代の友人と大濠に行ったと。そん時ね、ナンパされたっちゃ、大学生に」

「へぇ～すごかね。で、どこん大学ね？」

「文理大」

「ああ、東区の香椎にある？」

「そう」

「で？　いい感じやった？」

「相手は二人やった。そんうち、泣きホクロばある人がものすごく格好よかったっちゃんね。一晩寝て起きてからも、頭からはなれんと」

石島は、ただならぬ奈々の様子に、

「奈々、大丈夫？」

「ううん。そうじゃあなかけん、石ちゃんに頼んどると」

「何んをね？」

「次の日曜日に、いっしょに大濠に行ってくれん？　お願いやけん」

「何しに行くと？」

意味がわからない振りをする石島に、

「もう一度、行ったら会えそうな感じがするとよ」

そう真剣な顔つきで話す奈々に、

「なら、そん中学の友達と行けばよかろうもん」

石島しか頼めない奈々は、

「陽子は、都合悪かけん、石ちゃんに頼んどると」

「へぇー、わかったと言いたかばってん、うち興味なかもん。一人じゃあ、行ききらんとね？」

奈々は、目をふさぎ気味にしながら黙ってしまった。

(あーまた始まった。ここは、無回答にしようか)

「……」

当日、別に用事はない石島であったが、自ら進んで行きたいとも思わなかった。しかし、親友の奈々のがっかりする姿に（仕方ないか）

「う～ん、ついていってもよかばってん、そのかわりに何かおごっちゃらんね？」

そう石島は、奈々の顔を覗きこむように言った。希望が持てた奈々は、

「……よかよ」

「なら、ＯＫったい」

その声に、奈々の顔が明るさを取り戻した。

「奈々、そんなによか男ね？」

「うん、初めてなんよ、こげん胸が痛とうなったとは」

「ふ～ん」

奈々の真剣な顔つきに、石島もまんざら茶化すわけにはいかなかった。

「じゃあ、奈々の胸を痛くした彼を拝見しに、同行しましょうかね」

石島の笑顔に、奈々も顔を赤らめながら微笑んだ。その時の様子を詳しく聞きながら、二人揃って食堂へと向かった。窓から、五月の爽やかな風が舞い込んでくる。ちょうど奈々の気持ちがわかるように、教室を吹き抜けて行った。


「ヒデキ、ぼちぼち行こうか?」

「おう」

次の日曜、聡はヒデキと連れなって十時前に寮を出た。気持ちは逸るばかりであるが、はたして先週の彼女達に会えるとは限らない。いや、来てるはずなど百パーセントありえない。それでも、心に残る可憐な二人だったのである。

西鉄で貝塚から市内線に乗り換え、西公園で降りた。

「ヒデキ、どうする?」

「何が?」

「時間がもったいないだろう?」

「わかった。俺、右回りで行くったい」

「良し。じゃあ俺は左回りだ」

「いたら名前の確認と、次回会う約束を取り付けようぜ」

「ああ」

ヒデキは、半分聞きながらも、既に歩いていた。(気の早い奴)と聡は思ったが、自分自身も浮き足立っていた。（来ているだろうか？　来ていたら奇跡だよな）そんな思いをしながら辺りを見渡す。

その頃、奈々と石島も、大濠の南側から歩き始めていた。

「奈々、なんも約束もないっちゃろう？」

「うん……」

「な～ん。最初から落ち込んで、どうすっとね？」

「どだい無理な話ったい」

「自分で納得するとね？」

「うん……」

石島は、そんな奈々をどうにか元気付けしたかった。前方に歩いて来る男の子を見て「奈々、あん人じゃあなかね」と、指差して言ってみせた。一瞬、奈々は「ドキッ」としたが、似ても似つかぬ顔を見ると
「石ちゃん、指差しはダメ。まして顔ば知らんちゃろ？　もうー！　いい加減ったいね」奈々にも、石島の思いやりは感じていた。感じながら、軽く残念がる仕草をしていた。

「とにかく、右から行ってみる？」

「そうったいね」

二人は連れなって、歩き始めた。周りの景色など眺める余裕もなく、ひたすら男の子の顔を見極めながら歩く奈々に、石島は言葉をかけきれなかった。

（いるわけないよな……バカみたい）

聡は、頭でそう自分に言い聞かせながら歩いていた。それでも、あの時の二人の面影に似た女の子が、前方から近づいて来ると「ん？　嘘？　本当にこんなことあるのか？」言葉に出て、立ち止まった。間違いなく先週会った奈々が近づいて来る。が、相方が違う。「あんな、ちっちゃい子じゃあなかった」それでも、徐々に気持ちは高まっていった。奈々も奈々で、聡に気づいて、

「石ちゃん、あん人ったい！　やっぱり、あん人ったい！　来とったと！」

「ん？　あん人って、あん人ね？」

「うん」

奈々は、石島の手をとって興奮ぎみに答えていた。

「やっぱり、来とったっちゃ」奈々は嬉しくて、涙目になっている。

駆け寄る聡は、

「やあー！　来てたんだ。こっちも探してたんだ。ひょっとしたらって思いながら」

聡は、この奇跡ともいえる状態に興奮しながら言った。

ハンカチを取り出して目にあてがいながらも奈々が言う。

「こんにちは。あのね、先週お会いしたんですけど、お名前も伺ったのに何かこう、上の空状態だったし。ひょっとしたらって……」

奈々は、気持ちが一杯で言葉が続かない。石島が、助け舟を出す。

「初めまして。石島といいます。先週の月曜日に学校で、奈々がとても格好良い人に会ったって言うもんだから、今日ひょっとしたら来ているんじゃあないかって……だから同行して来てみたんで

す」

　石島まで興奮していた。

「格好良いかどうかはわかんないけど。こっちも、聞きそびれたというか、どうしても会いたくて来ちゃった」

　聡も奈々に会えて、心から嬉しく思い、また会えたということで安堵もしていた。

「あっ！　そうだ。ヒデキ、いや織田も右回りで探しているんだ」

「えっ！　織田さんも来てるんですか？」

「そりゃあ、織田も君に会いたがっていたから、ここに来たんだもの」

　奈々は、ちょっと複雑になりかけていたが、さほど心に留めず聞き流した。

「じゃあ、三人で織田を探そう」

　そう聡は言って、三人並んで織田を探すべく歩き始めた。奈々は、聡から話しかけられても「はい」と言うだけが精一杯だった。しかも、話の内容を理解する余裕を持っていなかった。

　三人で歩いて、こっちにやって来る姿を確認した織田が走って来た。「こんにちは」との織田の声に、奈々たちが「こんにちは」と答え、奇跡とも思える再会に、やったという満足感が石島を除く三人の心を満たしていた。

　前回と同じ湖畔のレストランに入って、互いに改めて自己紹介をし、次に仲間を募ってどこかで合ハイしようということになった。

聡が、

「とりあえず仲間を自分たちも入れて五人集めるから、そっちも五人くらい連れて来てよ」

と言うと、

「はい。連れて来ます。同じくらいの子を」

と、俄然積極的に奈々が断言する。その様子を感心しながら石島は眺めていた。

「ところで、例の博女何とかの高校の子、前回一緒に来てた子は？」

「ああ陽子？　陽子は今日、バスケの対外試合があって来れなかったんです」

聡は、そう言う奈々の答えに「あっ、そうなんだ」と言いつつ、目を伏せ気味にしたことを、奈々は見逃さなかった。（聡さんは、陽子のこと……）ちょっと面白くなかったが、会えたことで気持ちを切り替えた。

ヒデキが、

「どこか良い所ないかな」

と、話しかけると、

「動物園はどう？」

と石島。

「いいじゃん。そうしよう」

聡も奈々も同意する。

「じゃあ、待ち合わせはどこにする？」

と聡が言えば、
奈々が、「聡さんたちは、香椎からでしょう？　私たちも鳥飼からだから、博多駅でどう？　それと駅前の黒田武士の銅像の前はどう？」

「いいかもね。そうだな。じゃあ十時で」

「わかった」

次回の約束を取り付けた満足感と安堵感からか、その後少し話して、四人は大濠公園で別れた。

「石ちゃん、どうやった？」

奈々はテンション上がったままで石島に聞いてみた。

「どうってこと、なかよ」

てっきり同調してくれるものと思っていた奈々は、

「な〜ん、その言い方！　つまらん！」

「そりゃあ、奈々はよかろうもん！　会いたかった人と再会できて」

わざわざ付き合ってきてやったという思いが先行している石島にしてみれば、少しも面白くない。

まあ、そういう心を既に察知している奈々であったから、

「ごめん。今日はありがとうね」

と、石島に感謝の気持ちを込めて言った。

「ううん。よかよ。でも、聡さん、格好よかね。織田、いやヒデキさんも、人がよさそう」「うん」

と奈々は、聡を評価してくれた石島の言葉に対して答えた。奈々の足取りは軽く、鳥飼方面へと

向かうバス停で、バスが来るのを待っていた。

「ヒデキ、どうだった？」

「もう、最高！　ほっとした」

「だよな。じゃあ、帰ったらメンバー募ろうぜ」

「だよな」

こちらも足取り軽く、市内電車で貝塚方面へと向かって行った。

しかし、聡の心は複雑で、ヒデキと同じ奈々に心が傾いてきていたが、素直に「俺も、奈々ちゃんがいいな」とは言えなくなっていた。（先に宣言したヒデキに、今さら俺もって言えないし、ヒデキは奈々ちゃんにぞっこんだしな）電車で寝たふりをしながら、しきりにそのことが頭を廻っていた。

四　もう一つの出会い

月曜の朝、奈々は早めに登校していた。ＨＲ（ホームルーム）が始まる前に、昨日の人数を確保したかったからである。すると石島が教室に入って来た。

「石ちゃん、おはよう。昨日は有難うね」

「いえいえ、どういたしまして」

役目を果たした石島は別にどうってことない振りでそう答えた。

「じゃあ、今度の動物園も行ってくれるったいね」

当然の答えを期待して奈々が言った。

「な〜んして！　もうよかやない！」

想定外の返事に、

「何んして、そう言うと？」

石島は、甘い考えを持たないでとばかりに、

「私、興味なかよ。聡さんやヒデキさん」

意外な展開に奈々は、

「何も二人がどうこう言っているんじゃあないとよ。メンバーに入ってくれんねと思うとるだけったい」

「うちじゃあなくても、よかろうもん」

「石ちゃんも入ってくれんと、うち困るとよ」

奈々の入れ込みようを十分わかっているだけに石島は、「もう！」と、親友だから仕方ない。ありがたく思ってよと、言わんばかりの思いでそう答えた。

「ありがとう。新しい人も三人来るしね」

「何んも、そげなこと聞いとらんたい！」

と、そんなこと期待してるとでも思ってるの！　とでも言いたげに石島は言ってみるものの、その表情はまんざらでもなかった。ただ文理大がせめて福岡学院か博多大ならと思っただけである。

（よし！　石ちゃんＯＫ）次は……そう思いながら登校してくる同級生を物色していた。（あっ！　いたいた）奈々が目をつけたのは、色白で下膨れ顔の石原千尋だった。千尋は唐津出身で遠方のため、寮生活をしていた。そういう顔つきからか「天平美人」という渾名がついていた。

「千尋！　千尋！」

と言って、奈々は手招きする。

「何ん？　おはよう」

千尋がそう言って奈々のいる教室の後ろへ行くと、

「ねえ千尋。あんた、うちと友達やんね？」

「うん、それが？」

「友達やったら、友達が困っとったら助けるっちゃろ？」

合点がいかないながらも、

「うん、まあ」

と、答える千尋。

「じゃあ、助けてくれん？」

「だから何ね」

「次の日曜日、空いとると？」

「うん、まあ」

「じゃあ、決まった」

「だから、何ね?」

「動物園に行くったい」

「奈々と?」

「そうったい」

「二人で?」

「そうじゃあなかよ」

「じゃあ、誰と?」

「文理大の人と」

「文理大って、あの文理大?」

「そう」

「よかよ、別に男の人と行かんでん」

「そうじゃあないったい。何人か集めて会うことにしとると」

「そりゃあ、奈々がそう言ったちゃろう? うちには、関係なか」

「もう、そげなこと言わんと。ね? 格好良い人なんやから」

「何がね?」

「昨日、大濠公園で再会した人ったい。すっごく格好よかった」

「それで?」

「千尋も聡に会うたらわかるとよ」

「何ん？　そん人、聡というとね？」

「うん、聡ってすっごく格好よくて、まるで王子様ごたぁある」

「ふ～ん」千尋は、奈々の入れ込み様に呆れながらも聞き入っていた。

「だから、ね。動物園行こう」

「うち興味なかよ。奈々の好きな人なんか」

「まあ、そう言わんと。他にもメンバー連れて来るって言ってたし。ね？　ね？」

「もう、HRば始まるとよ」

「ね？　ね？」

「うん……。よか。わかった」

「ありがとうね。助かったたっちゃ」

始業のチャイムが鳴る。（あと二人は、休憩時間やね）席に着いた奈々は、次のターゲットを獲得すべく、引き続きクラスメートを見廻していた。奈々の前方に座っている千尋は千尋で（断り切れんとこが、うちの短所やね）そう心に呟きながらも（奈々の言う聡って、どんな人か見てみるのも良いか。どうせ暇だし、たいしたことないだろうし）未だ見ぬ聡を想像していた。


「ヒデキ、だれに声かける？」

「そりゃあ、前回大濠公園に行った、メンバーは当然だろう」

「だよな」

昼の時間学食で、聡とヒデキは思案していた。

「いずれにしろ、今度の日曜、空いているかどうか聞いてみようぜ」

とA定食を食べつつ聡が言った。

「だよな」

ヒデキは、とりあえず寮生のメンバーを探し始めた。すると、田中と隆夫が食堂に入って来た。

聡とヒデキは二人が席に着くや否や、話しかけた。

「隆夫、今度の日曜、暇？」

何か事ありげに隆夫は、

「うん。まあね」

「なん？　その中途半端な答え方は？」

と、ヒデキが言った。

「ああ。本当は安謝（沖縄）から彼女が来る予定だったんだけど、仕事の都合で流れた」隆夫のこの発言に聡は、

「何！　お前、彼女こっちに来る予定だったのか？」

「ああ」

「じゃあ、いいや」

「何がいいんだ？」

「いや、別に」

「おい、言いかけて止めるなよな」

仕方ないなと思いつつ、

「じゃあ言うよ。昨日ヒデキと二人、大濠公園に行ったんだ。ひょっとしたら、例の女の子に会えるかと思って。そうしたらいたんだよ、二人のうちの一人が」

「へぇ〜そんなことってあるんだ」

隆夫と田中が身を乗り出して来た。

「で、今度の日曜に互いに何人か誘って動物園に行くことになったんだ」

「ほうほう、で？」

「だから、隆夫と田中を誘うつもりだったんだけど」

すると、田中が身を乗り出して、

「隆夫はともかく、俺行くよ」

既に田中はそのつもりになって参加宣言をした。

「なら、俺も行くよ。別に、彼女がいたっていいだろう。どうしてもカップルにならなきゃいけないってこともないだろうし」

隆夫の言い分ももっともなことであった。聡とヒデキは顔を見合わせて、

「まあ、いいか。じゃあ、許すったい」

ヒデキの言葉に、

「何？　その言い方。でも暇だから行くよ」

これで一挙に四人となった。

「あとは寮に帰ってから求人募集するか」

「そうしよう」

昼から測量実習が二時限たっぷりとある。作業服に着替えて、その準備にとりかかった四人であった。


班ごとの測量実習で、精度がイマイチだった聡たちは、居残り組として、再度測量実習をするはめとなった。「あ〜あ、測量実習の後が、何もなくてよかった」としたものの、他の者はそれぞれ授業が終わって余暇を楽しんでいると思うと、聡は面白くなかった。既に五時を過ぎて、腹も減ってきた。

寮への帰り道、平井が、

「今日は、パチンコ行きたかった」

と呟いた。

「また、明日でも行けばいいじゃん」

聡の言葉に
「今日は、太陽会館の開店だったと！」

と、むきになって平井が言い返した。

「じゃあ、寮で飯食った後行けば？」

「何んば言いよると。居残りでレポート書かなきゃあいかんばい！　それくらい聡もわかっとうやない！」

やけにつっかかる平井に、聡は返事を返さない代わりに（俺につっかかっても、仕方ないだろうに）と、心に思った。

大学から寮までゆっくり歩いても十分くらいである。「今日はカレーか」と言いつつ、そそくさと食堂で食事をして、聡は部屋に戻ろうとしていたら、小西が食堂に入って来て、カウンターで、カレーとサラダをトレイに載せてこっちに向かって来た。すかさず声を掛けて、

「小西よ、今度の日曜は、暇？」

彼は建築科で、同じ工学部棟にはいるが、大学の学食と寮以外ほとんど顔をあわせることがなかった。

「別に予定ないし。何かあるんか？」

広島出身のなまり言葉で返した。

「この前、大濠公園にヒデキと行って来て、前回声かけた鳥飼女子高校の子に再会したんだ」

「ほ〜う。それで？」

顔つきが興味深々に変化して行く小西を見つつ、

「で、互いに何人か連れだって動物園に行こうってことになったんだ」

「うん、うん。で？」

「だから小西、良かったら行かないか？」

十年来の親友に声掛けするように、

「聡く〜ん。早く言ってくれや〜。断られても行く。ＯＫ。行く、行く」

「じゃあ、決まり。時間は、また連絡するから」

「うぉ〜、良いよなぁ〜、女子高校生〜」

「じゃあ、また」

「あいよ」

聡は、廊下を歩きながら（よし、これで五人揃った。まあ、頭数揃えたんだからこれで良いか）と、一人納得しながら、ヒデキに報告をしに二〇二号室をノックした。

「ヒデキ、最後の一人は小西に言ったよ」

五人目が早々と決まったことに、

「まっ、小西でも良いか」

椅子を反転しながら聡に向き直ってヒデキが言った。

「もう、言ってしまったしね」

「ああ」

さあ、これで、いつ会うかの連絡である。相手から電話が来ることになっていたから、さていつかかってくるかが気がかりであった。改めてヒデキが奈々のイメージを思い浮かべて言う。「奈々ちゃん、良いよなぁ〜」今回、陽子に会えなかった聡は、奈々も気になってはいたが、熱烈なるヒデキの想いに、気持ちは弾き返されていた。

「会話が弾むよう、しっかりリードしろよ」

気持ちに添わない言葉で、そうヒデキにエールを送る聡だった。


さて、あと二人どうしようかと、昼休みに奈々は思案していた。恭子も祥子も「文理大ねー……。福学（福岡学院）なら行くったい」なんて言うし、（文理大のどこがいかんとね）と、一人腹を立てていた。もう、ここは千尋のいる寮生に頼もうと、学食から帰って来た千尋に、

「千尋、例の動物園だけど、あと二人寮の友達ば、誘ってくれんね？」

想像もしてなかった奈々の言葉に、

「え〜、なんして、うちが誘わんといかんとね」

「友達ば声かけたとよ。そいでん、誰んちゃ用事があるって断ると。ね、ね、頼むったい。あと二人ね」

日頃の仲良しグループである。ここは、性格上断りができない千尋、

「もう……言うてみるばってん、断られてもしらんけんね！」

「ありがとう」

奈々は、決まってはいない二人なれど、もう五人揃った後の待ち合わせ時間と場所の確認に心は走っていた。結局、前日の土曜日の晩、奈々から文理大の香椎寮に電話があり、明日の午前十時に博多駅前の黒田武士の銅像前で会うことを確認した。

当日は、すこぶる上天気。なんやかんやと言いながらも、聡、ヒデキ、田中、隆夫、小西の面々は、心弾ませて早々と銅像前にいた。

「まだ、十時にならんと?」

「まだ二十分前」

笑顔の田中と小西が話す。

隆夫が、

「俺に彼女がいるって、言わないでくれよな」

その言葉に、

「言わないけど、聞かれたらどうすんの?」

「聞かれたら、いるって答えるさ」

聡は、まんざら嘘は言わないだろうと、隆夫の返事に耳を傾けて聞いていた。

「奈々ちゃん、まだかな?」独り言のようにヒデキが言った。そう言うヒデキの様子を見つつ、聡の心は複雑な思いが交錯していた。奈々ちゃんと同じくらい良い子が来るさ、とも思いたかった。せっかく、ここまで段取りをつけたんだから。

「おい! あれやない?」と、田中が言った。福岡市内線の博多駅前の電停に、他の客と混じり合って歩く四人の女の子が、こちらの方向に向かっていた。「うんうん、あれだ。奈々ちゃんも、前回会った石島もいる」そう、ヒデキが興奮して皆に言った。ほかの男は、あと二人は……という思いで、歩いて来る面々を目で追っていた。

彼女たちが、銅像の前に来ると聡は奈々に向かって、

「おはよう。いや、こんにちはかな？」

「おはようございます」

奈々が、笑顔で答えた。先に挨拶されたヒデキは、バツが悪そうに出遅れた笑顔で挨拶するに留まった。

「とりあえず、動物園まで行こうか」

聡の言葉に、

「ですね」

と奈々が答えた。四人以外の他の面々は、なんとなくよそよそしい。

市内電車で博多駅前から乗り込んで、動物園を目指した。渡辺通り一丁目から、城南線で薬院大通り、南薬院と進んで動物園入り口で降りた。市街地とはいえ、この辺りは閑静な住宅街でもあり、ミッション系の桜坂女学園も近くにあった。（あっ、ここが安東が言った桜坂女学園なんだ）何となくいいものでも発見したような顔つきで聡は見ていた。

ぞろぞろと降り立って、入り口まで歩いて行き始めると、歩道の狭さも手伝ってか、自然と集団がバラけて二、三人ずつのかたまりになっていった。奈々とヒデキはそれでも、先頭を歩いていた。意識的にここは、なるべく後ろをと思って、聡は普段は足早な歩幅をすぼめて歩く。すると、今回初めて参加した二人のうちの千尋と歩道を歩くことになった。

黙って歩くことも苦痛になり、聡が話し掛けた。

「今日は、天気でよかったね？」

「そ、そうですね」

千尋は、うつむいたまま答えた。

「俺、羽村、羽村聡です。よろしくね」

聡は、この子は小柄ながら透きとおるような色の白い子だと思いながら、自己紹介をした。千尋は、

「あ、あたし石原千尋です」

宜しくという代わりに、うつむいたままで、首をかしげて挨拶をした。

（この人が、奈々の言う聡さんなんだ）そうわかった時、横目でちらっと顔を確認した。（この人なんだ）千尋は、奈々が聡に一目惚れした気持ちがわかるような気がした。そして、そういう自分の心も、ざわめいていくのを感じていた。（えっ！　何！　何んなの！）どう表現して良いかわからないまま、聡と歩いていた。

「自宅通学なの？　それともバス通かな？　電車だったりして」

「えっ！　あっ！　いえ、自宅からは通えないんです」

博多弁ではなく、九州なまりの標準語で千尋は答えた。

「えっ？　そうなんだ。じゃあ、下宿とか、寮とか入ってんの？」

「ええ、学校の寮に」

「じゃあ、実家はどこなの？」

「唐津なんです」

そう千尋は、前だけを見ながら答えた。

「唐津って、佐賀の？」

「ええ」

「俺、唐津知ってるよ。唐津城ってあるだろう？」

「ええ、知ってるんですか？」

「俺は行ったことないんだけど、親父が業界の慰安旅行かなんかで、行ってきてそのパンフレットが家にあったんだ。それで唐津にも城があるんだって知ったんだ」

「そうですか」

千尋は、なんとなく嬉しかった。聡が、自分の故郷を知っているということに。

「兄弟いるの？」

たわいもない質問を聡はしつつも、つまらんことを聞いていると思った。

「四人兄弟なんです」

「へぇ～、俺んとこは三人だ」

「そうなんですか」

千尋は立ち止まって、初めて聡の顔を見ながら言った。まじかに見る聡の顔の左目下に、ホクロがあるのが印象的だった。

「俺んとこなんか、姉が二人の俺が末っ子の長男坊なんだ」

「うちもおんなじです。私が長女で、あと妹二人いて、末っ子が弟で」

明らかに千尋は、聡と共通する話に、何やら身近な存在のように感じ始めていた。そして、次第に笑顔になっていく自分をも感じていた。

そんな二人を、先頭を歩いている奈々は、怪訝そうに時たま振り向きながら見ていた。(何ん、来たくなかったんじゃあなかね、千尋は。それがあんなに楽しそうに聡と話して……)

「奈々さん、何時くらいに自宅でたの？」

ヒデキは、奈々の気を引こうと一生懸命に話しかけている。

「えっ？　ああ、九時二十分頃かな」

心ここにあらずで話す奈々。

「今日は最高にいい天気だ」

ヒデキもまた、つまらない会話しかできていなかった。奈々は、そういうヒデキの話は全く頭になく、聡と千尋が二人して歩く様子に気分を害していた。

返事がない奈々に、さらに話しかけるヒデキ。

「奈々さんは、クラブかなんかやっているの？」

「いえ別に」

「俺、高校の時、柔道やっていて、これでも二段なんだ」

「そう」

(聡が来るまで、立ち止まって待とう) 奈々は、一抹の不安がよぎるのを覚えた。

「織田さん、動物園の入り口だし、皆んなが来るまで待ちましょう」

「う、うん。そうだね」

当たり前と言えば、当たり前だったが、一連の素っ気ない奈々の受け答えに、少々元気さを失いかけているヒデキだった。

全員が、入り口前に集まったところで、自己紹介となった。

聡が、

「先週、大濠公園で桜井さんたちと会って、次回仲間を募って合ハイでもしようということになりました。まずは、簡単に自己紹介します。俺たちは九州文理大学の一回生五人です。まずは俺、羽村聡です。宜しくお願いします」

女の子を見回すように聡が挨拶する。

「聡と一緒に大濠公園に行っていた織田勝彦です。宜しくお願いします」

ヒデキは、奈々を見ながらそう言った。

「羽村君と織田君に誘われて来ました。下里隆夫です。宜しく」

隆夫は、笑顔をもってやさしく挨拶をする。

「同じく田中治夫です。お願いします」

田中は、緊張していた。

「俺だけ専攻が違うんですが、同じ寮仲間の小西幸雄です。気楽に行きましょう」

(気楽に行きましょうは、余計だな) そう聡は思った。

男連中が終わると、奈々が、

「じゃあ、私たちの自己紹介します。私が聡さんや織田さんと初めて会って、また会えたら良いなと思っていたら、本当に会えて今回の合ハイとなりました。桜井奈々です。宜しくお願いします」

奈々の挨拶に男連中は一様に華やかさを備えた子だと感じていた。

「前回、奈々と一緒に大濠公園に行っていた石島初音です。お願いします」

「奈々に誘われて来ました。石原千尋です」

千尋は、ふさぎぎみに、誰を見るわけでもなく答えた。

「私は、その千尋と同じ寮にいる野島嘉美です。千尋に強引に誘われて来ました。お願いします」

一同、野島嘉美の挨拶で和やかな雰囲気となった。

「あっ！　すみません。学校名を忘れていました。全員、鳥飼女子高校です」

慌てて奈々が、そう付け加えた。

改めて宜しくと全員が挨拶して、園内に入った。動物を見ながら散策をしていたが、そんなことよりも互いのことについて、話しているほうが多かった。所々で写真を撮ったりしながら巡っていたが、やはり奈々はヒデキより、聡が千尋と話す姿が面白くなかった。聡も、時々振り返る奈々が気になってはいたが、ヒデキと奈々が、話で盛り上がることを念じて、心のどこかで諦めの気持ちとなれるよう願っていた。

「奈々さんから、最初誘われた時、どうだった？」

聡は、興味ありげに千尋に聞いてみた。そう尋ねられて返事に困っていた千尋だったが、

「最初は、来る気なかったんです」

そう言ってしまった。

「えっ！　じゃあ、どうして来たの？」

聡には、予想していなかった言葉だった。

「奈々が、どうしても人数が揃わないからって無理やり誘われたんです。それに、羽村さんという、格好の良い人がいると言うもんだから。一度見てみようかと……」

「俺のこと？」

「えっ？　ええ」

千尋は、それ以上続けては話せなかった。（聡さんは、奈々のこと、どう思っているんだろう）そのことが、気になり始めていた。

これまた、返事に困った聡は、

「そう言ってくれてうれしいけど、格好良いかどうかは……ヒデキのほうが、俺のように貧弱じゃあないし、たくましくていいんじゃない？」

「いえ、そんなことは……」

千尋は、言葉に詰まってしまった。

「石原さんは、クラブとか入ってんの？」

「いえ、学校のクラブには入ってないんですが、寮のクラブなら入っています」

「寮のクラブって？」

「琴をしてます」

「こと？　琴って、あの琴？」

「そう、あの琴」

「風流なんだ」

「皆さん、同じようなことを言います」

「あっ！　ごめん。そういう意味じゃあなく、想像もしてなかった答えだったから。あの、だって、俺たち琴とか、そういった日本の和楽器と接することないだろう？　だから、どうなんかなと思っちゃって」

聡の懸命にフォローをしようとする姿勢を見ていた千尋は、良い人なんだと感じ始めていた。

その頃、この場の雰囲気を変えたい奈々は、ヒデキに、

「園から出て、どこか食事する場所に移動しません？」

ヒデキも違った意味で、雰囲気を変えたがっていたから、

「そうしよう。それが良い」

すかさずそう答えて、

「皆んな、園から出て食事しにどこか行こう」

と投げかけた。

しかし、園から出たものの、閑静な住宅街ということもあって、結局歩いて大濠公園近くのレストランで食事となった。たいして金を持っているわけでもない学生だ。無難な、ビーフカレーを全

員が頼んだ。奈々は、食事くらい聡と一緒の席をと他のメンバーが座るのを見定めていたが、既にヒデキと同じテーブルに行くものと、皆の暗黙の了解の下、仕方なく座るはめとなった。

（違う！　こうじゃあない！）奈々は、苛立ちが限界に来ていた。斜め向かいのテーブルに聡と千尋が座っていた。

（聡！　なぜ？　なぜ千尋なの？）そう聡に心で問い続けていた。

この時は、もうヒデキとの話は一方通行のままになり、次第にヒデキも、脈のない奈々の素振りに、溜息交じりの態度が出始めていた。

それに比べて、やけに盛り上がっているは隆夫たちで、沈みかけた雰囲気をかろうじて明るいものにしていた。

「えぇー！　隆夫さん、許婚の人いるんですかぁー？」

と、石島が驚嘆して言った。女の子たちは、一斉に、

「本当？」「すご〜い」

と、半分は羨ましく、そして諦めることを言いわたされたような声を発した。隆夫は「まっ、そうゆことで〜す」と、わかってしまったら仕方ないという、割り切った表情で話す。しかし、その中で、奈々と千尋は、驚きの表情は見せたものの、全くぶれない気持ちを同一人物に投げかけていた。それを聡は、なんとなく気づいていた。

食事後、大濠公園で思い思いに写真を撮って次回どうするということになった。

「季節も良いから、海へ行こう」

と、許婚がいる隆夫が言った。

「まだ、梅雨前だから、きっと海も爽やかかも」

女の子たちも「異議なーし」と手を上げて答える。

「じゃあ、奈多はどう？」

石島がひらめいたように言うと、

「いいけど、あそこまでならバスだね」

「そうなるね」

奈々と石島の会話に、場所を知らない男連中は、ただうなずくだけであった。

「また、連絡入れてよね」

聡の問いに、奈々が、

「私が連絡入れる」

と、素早い返事をした。

「じゃあ、桜井さん、また電話してよ。俺でもヒデキでもいいから」

「はい、そうします」

主導権は私が握ってると言わんばかりに奈々が答えた。

「それじゃあ、次回は奈多海岸ということで」

聡のまとめに、

「ギターを持って行こうぜ」

と小西。

「えっ！　ギター弾けるんですか？」

奈々が嬉しそうに聞いた。

「俺と聡が弾けるよ」

小西の返事に、千尋も聡に少しずつだが気持ちが傾いていった。

こうやって、文理大の寮生と鳥飼の女の子たちの初めての合コンは終わった。しかし、寮に帰って来てからというもの、ヒデキは意気消沈していた。（奈々は、俺に気がないな）そればかりが頭を駆け廻っていた。（聡の方が良いのかな？）何度となく、聡たちの姿を目で追っていた奈々を見ているだけに、その思いが増してきていた。聡は聡で、そういったヒデキの気持ちも、奈々の自分を見る目も感じてはいたが、千尋の真っ直ぐな気持ちも感じていた。ヒデキと奈々がうまくいけば、それはそれで応援しようと思っていた。ヒデキとは、こんなことで気まずい思いはしたくなかった。

少ししてから、ヒデキ達の居る部屋を訪ねると、今日のメンバーの小西と隆夫が来ていた。聡は、ヒデキを案ずるかのように、

「ヒデキどうだった？　脈はあるか？」

そう投げかけた。

「俺には無関心みたいだった」

と、力なく答えた。

「お前、少しはひき付けるような話したのか？」

人の神経を逆撫でするような聡の言葉に、

「したつもりばい！」

ヒデキのムッとした言い方に、

「どんな？」

と、自分に向ける目がきついと聡は感じながらもあえて聞いた。

「そんなこつ、いちいち聡に言う理由もなかろうもん」

聡は、ヒデキの自分に対する苛立ちが芽生えているのを感じとった。部屋の中が気まずい空気に変化して行くのがわかった。一瞬、静まり返った後で、

「まあ、また海にでも行ったら違ってくるさ」

隆夫の言葉に、

「俺はギターも弾けんばい」

更に否定的にヒデキが言う。

「俺も弾けんとよ」

田中の返事にヒデキが、

「田中お前、良い子おったとや？」

「俺は何でも良かくさぁ～」

田中もやぶ蛇になりかけていた。

「なら、ほっといてくれ」

雰囲気がおかしくなっていた。

聡は、「じゃあ、今夜はこれで。ヒデキ元気出せよ」なぐさめにも何もならない言葉を聡はかけつつ、部屋から出るきっかけを作るようにそう言った。

「……」

「おやすみ」

「お、俺も、部屋に帰ろうっかな〜」

小西と隆夫も出て行った。

行く前は随分楽しかったはずが、重苦しい一日の終わりとなった。眠りにつけない聡は、夜遅く「はあ〜」と、誰に対してということではなかったが、溜息をついた。

「何んでこうなってしまったんだろう。とにかく、ヒデキとは気まずい思いはしたくない」そう呟きながら、「ピー」と鳴る汽笛に、窓の外を見た。鹿児島本線を走る寝台特急「明星」が寮の傍を通過して行くのを、複雑な思いをもちながらぼんやりと眺めていた。


月曜の朝、前日文理大生との合コンに行った奈々達も、聡たちと同様な話になっていた。

「石ちゃん、昨日はありがとうね」

「いや、私はそれなりに楽しかったばい」

「で、どげんやった?」

「何が?」

「何って。感じよか人ばおったと？」

「う～ん。隆夫さんが良かばってん、許婚がいるんじゃあねー」

「そうったいね」

「聡さんは、奈々と千尋の争奪戦になりそうやし」

興味津々な顔つきで石島が言った。

「えっ！　千尋が？」

奈々も感じていながらも知らなかったように言った。

「見れば、わかろうもん。どうみたって、千尋は聡さんにぞっこんったい」

奈々は、やはり昨日、何も聡にアクションを掛けられなかったことを後悔していた。

そんな話をしていたら、千尋が教室に入って来た。石島はすかさず、

「千尋、おはよう。楽しかったね」

そして意地悪く、

「どうやった？　聡さんは？」

千尋は、素早く奈々の顔色を見つつ、困惑していた一日だったという口調で、

「どうって？」

と言いながら、いつもは、奈々にも挨拶をするはずが、そそくさと自分の席に着いた。

「な～ん。ず～と一緒やなかったやない？」

石島は、必要以上に話しながら席までやって来た。

「あれは、聡さんが話しかけて来よったから、ああなったと」

「ほ〜ほ〜」

おどけてみせた石島に、そう答えながら千尋は、奈々がこちらを直視しているのがわかっていたから、尚更顔を向けられず、正面を向いたままでいた。

自分が、聡を好きなのを充分わかっているはずなのに、「ごめん」の一言でも言って欲しかった奈々は、千尋の態度に不安と腹立たしさを感じていた。我慢できない奈々は、千尋の席近くに来てこう言った。

「千尋、聡って格好よかったろう?」

と、あえて自分の彼のように「聡」と呼び捨てにして圧力を掛けた。

「そ、そうったいね」

そう答えるだけに千尋は留めた。さらに念押しをしたかった奈々だったが、一時限目の現国の始業チャイムで、後追いせずに自分の席に着いた。千尋は、後方にいる奈々の視線を背中に感じていた。おのずと奈々も千尋も授業の内容よりも、相手の心を探る時間になっていた。

五　奈多海岸

動物園からはや四日が過ぎ、今日明日にも奈々から連絡があっても良い時期であった。夕食後、ヒデキと田中の部屋には、奈多海岸へ行く聡以外のメンバーが詰め掛けていた。

小西が、

「連絡がないということは、人数が集まらないんじゃあないか？」

「別に少なかったら少なくても良いんだけどな」

隆夫がそう発すれば、

「隆夫は、もう論外。許婚宣言したしね」

田中の言葉に、

「まあ、そう硬いこと言わずとも。多い方が楽しいだろう？」

隆夫の言葉に、誰も反対はしなかった。むしろ、参加してもらったほうが、場が明るくなると皆が感じていた。

ヒデキが「俺どっちでも良いかな……」皆んなが、ヒデキの気持ちを察していた。そんな中、聡が遅れてやって来た。

「ごめん。遅くなった」

場の空気がやや沈んでいた。聡が何かを言わなきゃと思っていた時

「二棟一階二〇二号室の織田君、桜井さんから電話です。至急、事務室まで」

と、アナウンスが入った。思わず聡が言った。

「おい、ヒデキ連絡だ！　早く行けよ！」

「あ？　うん……」

聡は、

「何やってんだよ！　お前、嬉しくないのかよ？　早く行けよ」

とせきたてるが、ヒデキは煮え切らないでいる。（じれったい！）そう思った聡は、

「もう！　俺が行ってやっから！」

そう言って自分に電話がかかってきたような気持ちで、事務室に走っていった。

「もしもし」

「もしもし、えっ？　羽村さん？　織田さんはいないの？」

「うん？　ああ、ちょっとヤボ用で出れないんだ。だからピンチヒッター」

「そうなの。なら聡さん、奈多海岸の件だけどね。私たちが十時に西鉄香椎駅まで行くから、そこから志賀島行きのバスに乗り換えて行きませんか？」

と、奈々が言うと、

「ああ、良いよ。そう皆んなに伝えるよ」

そう答えながら、今しがたのヒデキの姿が頭をかすめた。

「じゃあ、その段取りで。あの……それから」

「何？」

「ううん、じゃあそれで」

「じゃあ」

奈々は言いかけた言葉を止めた。電話ではなく、直接会った時に話をしようと思って今は抑えることにした。

気持ちを切り替えてヒデキたちがいる部屋に戻って、

「お〜い。決まったぞ」

晴れがましく聡がそう言ったものの、皆んな黙り込んでいた。

「何？　どうかした？　決まったぞ。日曜十時に西鉄香椎駅で待ち合わせて、バスで行くことにしたよ」

「……」

皆んなの雰囲気がおかしいと感じながらも、

「おい、皆んな聞いてんのかよ！」

と、聡が言い放つと、

「聞いてるよ」

小西が答えた。

「皆んな、今聡が話した通りじゃけん、段取りしとこうぜ」

だんまり状態であっても、一応皆了解したようにみえた。

「聡、ちょっと、俺の部屋に来いや」

小西がそう言って、聡を誘った。聡は、不穏な空気を薄々感じながら、小西の後をついて部屋に入った。

「まあ、座れや。電話は連絡だけじゃった？」

小西は、聡を見ながら言った。

（どういう意味だよ）「ああ、そうだよ」

「なあ、気分悪うせんと、聞いてくれや」

「何？」

「聡よ、ズバリ聞くけど、お前桜井が好きなんじゃろう？」

「何、突然に」

「いや、好きなはずじゃ」

小西から、ダイレクトに問われて、聡は言葉を選んでいた。

「そりゃあ、良い子と思っているよ。そのことは前からわかっていたことだし」

「じゃが、状況が変わって来てるだろ？」

聡はもう、部屋の雰囲気が、戻ってきた時の自分を刺す雰囲気になっていたことは、気づいていた。しかし、あえて問いたださずにいた。変にこじれさせたくなかったからだ。

一呼吸置いて、

「でしゃばり過ぎたよ。悪かった」

「まあ、ヒデキの気持ちも察してやれや」

「しかし、桜井にその気がなかったら、仕方ないだろう？」

「そりゃあ、その時はヒデキだって諦めるじゃろ」

「わかった。俺だってヒデキと気まずい思いはしたくないよ」

「だろう。なら、見守ってやろうや」

「ああ」

　そう言って、聡は部屋を出た。確かにでしゃばった行為ではあったが、ヒデキ自身の変に躊躇する態度が腹立しかった。もう、奈々には近づいてはいけないな……とも思いながら自分の部屋に戻って行った。


　五月も下旬にさしかかると梅雨入り間近の雲行きともなる。しかしそんな中、晴天続きなのは心まで晴れ晴れとする。当日、西鉄香椎駅で待ち合わせた後、国道3号線沿いのバス停から志賀島行きのバスに乗った。今回、文理大から北条が加わって六人、鳥飼も鹿島、林田、飯島が加ったが、石島が来なくて計六人参加した。

　バスは和白から奈多松原、そして海の中道を通ってやがて志賀島へと向かう路線だ。

「志賀島か……」聡は、日本史に出てくる「金印」を思い出していた。「漢ノ委ノ奴ノ国王」って言ったよな確か。（まあ、そんなことはどうでもいいんだけど）窓から吹き込む風に、聡の長い髪がゆれる。

　奈多松原で一行は降りた。潮風が実に心地良い。小西と聡はギターを持ちながら、他の者も前回の動物園で打ち解けていたので、さほどの違和感は感じられなかった。そういった中だから、初参加のメンバーも気持ちは爽やかであった。海岸沿いから、左手の小高い丘に登って、しばし話し込みながら小西がギターを取り出した。傍らにヒデキと奈々、野島、初参加の鹿島、林田、飯島が並び一番端っこに千尋と聡が座った。他の連中は砂浜で騒いでいた。

広島出身の小西は、やはり拓郎の「今日までそして明日から」「人間なんて」など弾き始めた。聡といえば、小西ほど腕はないが、リガニーズの「海は恋してる」、ワイルドワンズの「想い出の渚」を弾いていた。拓郎の詩を歌いながら奈々は、どうしても聡の所へ行かれないもどかしさで面白みにかけていた。反面、千尋は聡の歌声に併せて口ずさんでいる。ヒデキは、奈々の横に座っていたが、すでに奈々との会話はなく、天を仰いで寝そべっていた。

ギターをとっかえひっかえしながら、そして堤防沿いではしゃいだりして時は過ぎていった。集合写真を撮ったりしながら、みんなと話をしてる時、思いきって奈々が聡に近づいた。

「前回の動物園では、四人しか集まらなかったけど、今回六人になって良かったです」

「そうだね。やはりたくさんいたほうが楽しいね」

「ええ」「あの……聡さん、あの」

そう言い掛けた時、左手後方で千尋が、サウンド・オブ・ミュージックのジュリーアンドリュースの真似をし始めた。その身振りに一同感心し、隆夫が「千尋さん、すごいね」と、言いながら拍手した。「また、千尋の十八番が出た」などと、女の子たちがはやし立てた。そんな雰囲気だから、また奈々は聡に言いそびれてしまった。

陽が傾きかけ、前方の海には、能古島が手に取るように見えた。堤防に腰掛けた聡は、当然のように井上陽水の「能古島の片想い」を弾き始めた。しばらくは思い思いに過ごした後、帰りのバスでは、心地よい疲労感で、皆んな無口になっていた。前に座る奈々は、ギターを抱えて一人で座っている後方の聡の席に、どうしても行って話がしたかった。そして意を決め、勇気をもって一人掛けの席から立ち上がったが、逆に皆んなの視線を集めてしまって、動けなくなった。

（やっぱり、行けない）そんな奈々の動きを、千尋も後部座席から見ていて、奈々と視線が合った。元の席に座る奈々。奈々にとって、ただただつまらない日で終わってしまった。香椎で聡ら文理大六人が降り、そしてだんまり状態の奈々を除く鳥飼のメンバーの「さよなら」の声と共に、バスは天神へと向かって行った。

六　旅立ち

「おはよう」と元気のない声をかけながら奈々は、けだるさを拭えないまま、教室に入って行った。そういった自分とは反対に、陽気に笑顔を振りまく千尋が自分の席に座っていた。しかし、奈々の姿を見た瞬間、挨拶をうっかり忘れたかのような素振りをして、席を立ち、級友と話し始めた。自分を無視されたかのように思った奈々は、千尋の行為が理解できなかった。が、聡との関わりがあることぐらいは、察しがついていた。仲の良かった二人であったが、この時から石島を介してしか話をしなくなった。（きっと、千尋も聡が好きになっているんだ。だからわざと、私を避けている）そう思い始めていた。

六月に入り、休日であっても雨続きで、その後、文理大との交流もできにくくなっていた。そんな矢先、千尋が、

「今度の日曜日にね、聡さんたちと姪の浜へ行こうって連絡があったとよ」

奈々はそれが自分じゃなく、千尋に言ってきたことと、話しかけている相手が、やはり自分じゃなく、石島にしていることにショックを感じた。

（私にじゃないんだ）やはり、気持ちを落ち着けさせたかった奈々は、話をしている千尋と石島に近づいて、こう言った。

「千尋、誰から連絡あったと？」

多分奈々が聞いてくると思った千尋は、

「聡さんたい」

と小さく遠慮しがちに、それでも自信に満ちた声で答えた。その顔は笑顔であっても、目は挑戦の目をしていた。

（聡は、千尋が好きなの？）そう信じたくなかったが、現実に奈々ではなく、千尋に連絡してきている。やはり、あの時確かめておけば良かったと、悔やんだ。自分の意志の弱さを嘆きもした。でも、最初から、再会したときの聡の心は、私と同じだったはず。もう一度確かめたい。そう思う奈々は、その夜、聡に手紙を書き始めた。しかし、書きはしたものの、今の状況からあえて親友の千尋との関係をより深刻化させたくはなかった。千尋にこれ以上、自分を避けるような態度をとって欲しくはなかった。結局は、引き出しにしまったまま、聡に奈々の想いを届けることはなかった。奈々もまた、千尋との関係を損ないたくなかったのである。

そんな想いが続きながら、季節は七月になり、早々と来春に卒業を迎えるにあたり、卒業アルバムの写真撮影の日を迎えて、奈々はカメラレンズに向かって心で聡に話しかけた。「聡！　私は今でも。ううん、これからもあなたが好いとう！」こうして、奈々は聡に対する想いを千尋の姿が見え隠れする中、卒業写真に封じ込めた。

まだ梅雨明けには間がある土曜日の放課後であった。

千尋は千尋で、今度の姪の浜の件で、奈々がショックを受けることは十分わかっていた。でも、聡を想う気持ちを抑えきれない自分は、奈々に何を言い出すか、奈々にどんな態度をとるのか怖くて、奈々を避けるしかできないでいた。動物園、いやその前の最初からの聡と奈々の出会いから想像すれば、いとも簡単だった。奈々の聡に対する強い想いなら、私なんか目じゃない。私なんか振り向いてもくれなくなる。そう千尋は感じていた。だから今は、私が聡を好きになっていくのと同じ、聡も少しずつ私を好きになってくれればいい、そう感じていた。たとえ時間がかかっても、二人で育めばそれで良いとも思った。


福岡市内線の1番、5番系統の終点が姪の浜である。雨続きで行かれなかったが、七月に入っての日曜の朝、聡、千尋、隆夫、野島、田中、飯島の六人だけとなった一行は、姪の浜の砂浜に来ていた。既にヒデキも奈々、小西らも参加していなかった。さすがに六人では、話の盛り上がりに欠けた。そうして次回からは逢いたい者同士が会うこととし、実質田中と飯島、そして聡と千尋だけが細々と続くこととなった。

聡は、寮においても学内でも奈々のことは触れなかった。既に、ヒデキも気持ちの整理をしつつある時期に不要であった。ただ、奈々の本心がどうだったのかを知らぬままなのが、気にはなっていた。しかし、それももう新たに千尋と付き合うことにした今では、心の隅に閉まっておくべきと考えた。今さら、どうにもならない……と思っていた。

「千尋ちゃん、君んとこ数学ってさ、数ⅡBとか今数Ⅲなの？」

「ええ、今数Ⅲだよ」

「俺、工学系なんだけど、イマイチ数ⅡBが不得手なんだ」

「私は、数学得意なんよ」

「へ〜、そりゃ良いや。もし良かったら数ⅡBの教科書、今はもう使ってないだろう？」「あるわよ」

「じゃあ、貸してくれない」

「いいけど、実家に置いたままだし……あっ！　今度の土曜日実家に帰るから、ついでに持って来るね。日曜には、持って来れるけど」

「なら、悪いけど博多駅の筑肥線のホームで待ってるから、そこで渡してもらえる？」

「うん。いいよ。聡さんの役に立つなら」

「ありがとう。じゃあ、博多駅に着く時間、わかったらまた連絡してよ」

「は〜い」

「じゃあね」

「は〜い」

そう言って、電話を切った。聡は今一つ、微分、積分に苦しんでいた。専門課程に於いて、必修科目の土木数学の単位を落とすわけにはいかなかった。

日曜の昼の二時に博多駅で待ち合わせることになり、聡は香椎駅から博多行きの電車に乗った。博多湾からの風にうまく乗ってカモメが、飛び交っている。筑肥線のホームは1番と2番であったが、聡がホームに着いた時には、千尋は椅子に座って待っていた。

「ごめん、待った？」

「ううん。今着いたばかりだから」

千尋は、髪を三つ編みにして、夏服を着ていた。夏の日差しがきついにもかかわらず、肌の白い子だと聡は千尋を見ながら思った。

「千尋ちゃんは、本当に色が白いね」

「えっ？　ええ。それしかとりえがないんです」

はにかみながら、そう答える千尋に、

「そんなことはないよ。制服もよく似合ってるし。休みでも、制服着なくちゃあいけないの？」

「実家に帰る場合とか、近場以外はね」

「そう」

「とにかく、出ようか」

「はい」

二人は博多駅を出て、市内線で天神まで行った。

「どう？　お腹空いてない？」

「ええ、ちょっと」

「なら、地下街に入って、お好み焼きでも食べる？」

「いいんですか？」

「いいよ、別に」

姪の浜以降、幾度と電話や手紙のやりとりはしていたが、こうやって二人で逢うのは初めてだった。地下街は、結構いろんなお店が入っていて、雑踏の中「甲子園」というお好み焼き屋に入った。

「ここの、ソースが絶妙な味で、美味しいんだ」

聡はそう言いながら、千尋の注文を聞いた。

「何する？」

「じゃあ、イカ玉」

「じゃあ、俺ブタ玉」

壁に貼ったメニューを見ながら、

「すみません。イカ玉とブタ玉下さい」

と、聡が言った。

「あいよ！」

厨房でせわしなくお好み焼きを焼く店主の声が心地いい。

焼き上がるのを見ながら聡が話しかけた。

「なんか、皆んなバラけちゃったね」

「えっ？　ええ」

「学校でも、話が合わないんじゃあないの？」

「いえ、別に」

千尋は、皆んなの話題はしたくなかった。

「そう……桜井さんや石ちゃんだっけ？　元気にしてる？」

「はい」

千尋はそう答えるだけに留めた。

話が気まずくなった感がした聡は、

「あっ、教科書持って来てくれた？」

「そ、そうですね。それがメインですよね」

そう言いながら、千尋は紙袋から数ⅡＢの教科書を取り出した。

「ありがとう。助かるよ」

「本当に、役に立ちますか？」

「ああ、本当だよ」

「なら、うれしいです」

千尋は、聡の素直な返答にちょっと幸せを感じていた。

「はい！　お待ち。熱々だから、気をつけてね」

店主がイカ玉とブタ玉をカウンター越しに置いた。

「じゃあ、食べよう」

「はい」

カウンターに置いてある割り箸を千尋に渡しながら、熱々をフーフーしながら食べる二人は、互いの温もりも感じ始めていた。千尋は、何ものにも替えられないこの時を持てたことが、素直に嬉しいと感じていた。

食事を終えた二人は、地下街から地上に出た。岩田屋の裏の通りを抜けて、新天町の積文館という本屋の近くで、

「さあ、これからどうしようか？」

と聡が問いかけた。千尋は、

「ごめんなさい。夕刻までに寮に戻らないといけないの」

と、申し訳なさそうに言った。

「あっ、そうなんだ」

「ええ、結構うるさいんで」

「だよな。女子高生の寮だもんね」

「ごめんなさい」

千尋の本当にすまなそうな気持ちが聡に響いていた。

「謝ることないよ。じゃあ、またね」

本当は、もっと聡と一緒にいたい千尋は、

「聡さん」

「うん？」

「いえ……あの……また連絡、いえ手紙書きます」

「ああ」

「電車わかる？」

「ええ、城南線で。三年いますから」

「そうだよね。聞くのっておかしいよね。俺よりわかってるし」

そう言いながら聡が小さく笑った。

「ええ」

千尋も笑ってみせた。

「じゃあ、また」

「はい」

そう言って、聡と千尋は天神で別れた。

白い制服姿が、渡辺通りの電停まで小走りに遠ざかって行った。多くは語らない千尋だったが、聡の心に確実に入り込んでいった。電停で電車を待つ千尋は、聡への想いをいずれはっきりと、打ち明けなければいけないと感じていた。それはもちろん聡へ。そして親友である奈々に。そうしないと、聡とこの先付き合えないような気がしていた。その思いは、電車に乗ってからも、頭を廻って、手はいつしか固く握っていた。

　翌日、意を決して教室で奈々に話をしようとした千尋だったが、今まで奈々を避けてきた自分の態度に後悔をしつつ、さらに、奈々への罪悪感が足を止めさせていた。休憩時間になる度に、幾度も奈々に話しかけようとしながらも、結局六時限目の英語が終わった放課後まで延びていた。教室の中がまばらになって、誰もいなくなるのを見計らって、迷い迷いながらも、手を握り締め大きく息を吸って、勇気をふりしぼって、気の抜けきった様子で帰り支度をしている後方の奈々の席へと近づいて話しかけた。

「奈々？」

　奈々は、千尋が話しかけていることに、（どうして私のところに来るのよ）と思いつつ、下を向いたまま返事をしなかった。

「奈々、ちょっとよか？」

「なん？」

　帰り支度の手を止め、顔を上げて一言言った。奈々の冷たい視線が痛い。

「あ、あのね。私、奈々に謝らんと……」

　奈々は、とっさに聡のことだと感じ取って、

「何ん。何んを謝ると？　私になんかしたとや」

　そう言いながら、今までの千尋の自分に対する態度への腹立ちが言葉になって表れた。

「ううん、あのね、実は聡さんのことったい」

（やっぱり）「聡がどうしたと？」

奈々の眼は、鋭く千尋を見入っている。

「私ね、昨日聡さんと会ったと」

「そう、そりゃあ逢えてよかね。逢えてよかばってん、私には関係なかろうもん。なんしていちいち、私に言うとね」

「ご、ごめん。あっ、いや、だって……」

奈々は、決定的な言葉が千尋から出るのが怖く、早く打ち消すように感情が高ぶって、先走りに言った。

「もう、よかよ。うちはなんも、想うてなかよ。千尋の思うようにすればよか。所詮、うちの一人相撲やったしね。最初から、誰も誘わずに会っとったら良かったたっちゃ。誘わんかったら、こげなことにならんかったとに……。そいでん、そげんこつより、うちを避けるようなまねば、もう止めてくれんね」

（奈々は自分を誤解している）千尋は、そう思いながら、

「別に、避けとうはしとらんたい」

「しとらんと？　しとうやない。あんた、しとうやない。ず～としとうやない。それがわからんくらいバカじゃあないとよ。奈多へ行ってから、ずーとうちば避けとうやない。うちが何んしたとや？聡のことでも、なんも責めとうはしとらんとに。シカトしとうは、千尋やろうもん！」

奈々の予想以上の剣幕に動揺しつつも、

「そ、それは奈々が誤解しとると。でも、そう感じとるとなら、ご、ごめんなさい。そいでん、そいでんうち怖かったとよ。怖かったから、奈々に話しきらんかったと」

千尋は、もう下を向いたままになっていた。

「なんがね。なんが怖かね。おかしかこと言うのやめてくれんね！」

「奈々は聡さんが好きやったっちゃろう？」

「もうよかよ。そげなこと」

「うちより絶対聡さんは、奈々を選ぶと思うたばってん、聡さんが奈々に振り向くことが怖かったとよ」

そう言いながら千尋は声が詰まった。

「だ、だから、だから奈々に近づかんようにしたと。奈々にうちが近づいたら、うちは負けてしまうと思ったと。うちは、うちは奈々には絶対勝ちきらんたい。勝ちきらん。絶対無理やけん……」

千尋は声を出して泣き出し、その場にうずくまってしまった。それから、どのくらい時が過ぎただろう。奈々は、千尋が防御的に自分に話しかけをしなかったことを知った。千尋の性格の不器用さがそうさせたのだと知った。そして、これ以上、変なわだかまりを捨てて、意固地になることもやめようと思った。一途に聡への想いをつのらせながらも、奈々との友情を断ち切れないで悩んでいた彼女の思いをこれで許そうと思った。静まり返った教室で、泣き続ける千尋に、

「もう、よか」

そう言いながら、千尋の腕を取って立たせた。どこか、けじめをつけたい気持ちと、諦めにも似た気持ちが混じりながらもそう呟いた。そして、千尋の肩を抱きながら（うちは千尋の想いに負けた）そう心に思いつつ、千尋を許そうと思った。

千尋のように声を上げて泣かないでも、涙が溢れて奈々の頬を濡らした。そして、それは一つの区切りをつけようとする涙になれたらと思った。静まり返った教室の窓越しから、蜩（ひぐらし）の鳴き声がして、季節はもう夏になろうとしていた。

七　はがゆい想い

聡は、二ヶ月あった夏休みも、自動車免許取得にほとんど費やしてしまった。ろくに勉強もせずにいたが、前期試験も気になるにはなっていた。千尋との付き合いも、東京に帰っていたこともあり、手紙だけが互いの状況を確認しあう唯一の手段となっていた。

試験前ではあったが、久しぶりに会う約束を天神の西鉄バスセンター前に十時とした。九月とはいえ、まだまだ夏の日差しである。聡の長い髪が余計に暑さを増していた。

渡辺通りに面する西鉄バスセンターの頭上には、老舗百貨店「岩田屋」と直結した西鉄福岡駅がある。熊本の大牟田と結ぶ大牟田線や大宰府線、二日市線などがあり、バスセンターにおいても、福岡市内はもちろん、九州各都市とを結ぶ特急バスを早くから運行し、まさに福岡にとって西鉄は交通機関網の主軸を担っていた。

聡が十時前に来てみると、既に千尋がそこで待っていた。

「ごめん、早かったね」

「いいえ、私も今来たところです」

今日の千尋は、クリーム色のラコステのポロシャツにタータンチェックのミニスカート、そして
コインローファーの靴という出で立ちであった。

「さあ、どこ行こうか?」

「聡さんの言う所ならどこでも」

「じゃあさあ、まだ外は暑いし、映画でも見る?」

「ええ」

「よし、では007の映画と洒落こもう」

と言いながら、中州の映画館まで千尋と歩いて行くことにした。

途中、あまりの暑さで千尋が我慢できないだろうと、聡はアイスクリームを買って来た。「じゃあ、
これを見よう」

そう言って、聡は看板を指差した。「007死ぬのは奴らだ」女の子を連れて見るにはいささか気
が引けたが、

「これって、スパイ映画でしょう?」

千尋の思わぬ反応に、

「なんだ、知ってんじゃゃん」

と、ちゃかしぎみに聡が言うと、

「いえ、テレビの予告で見ただけだから……」

千尋は慌てて聡の声を打ち消すように言った。言葉少ない千尋に、（この子は、自己主張しない子なのかな？）と思いながらも、千尋と館内に入って行った。この頃のジェームズ・ボンド役は、ロジャー・ムーアがしていた。二時間くらいの上映時間であったが、千尋も結構楽しんでくれたように思えた。

館内から出てきて、

「ちょうど昼過ぎだから、ご飯食べに天神まで戻ろう」

「はい」

歩きながら聡が話し掛けた。

「夏休みは、何してたの？」

「別に……」

「別にって、高校三年だから、進学とか就職も決めてんじゃあないの？」

「ええ」千尋の受け答えに
「いや、だから……どうするの？」

「一応進学をと考えています」

「じゃあ、大学決めてるの？」

「いえ……まだ……」

（この子は、いったい……）聡は、千尋の返答にいささか苛立ちを感じていた。気分転換にとは思うのだが、会話がなかなか進まない「はがゆさ」も生まれていた。言葉少なげになっていきながらも、天神の松屋レディース近くのレストランで食事して、彼女が寮生ということもあり、三時に別れた。

良い子なんだけどなあ～と思いながらも、疲れが出ていた。聡の力量では、まだ千尋の想いを包んでやれるほどの大人にはなっていない。やがて、聡は前期試験に追試、さらに数学の克服対策で、千尋も進学に全力を注ぎぎみなことを、言い訳の材料にして月日が過ぎていった。手紙のやり取りにより、互いの情報交換はしていたが、それも徐々に少なくなり中秋の頃には、途絶えぎみとなっていた。

季節は十二月、クリスマスの頃に変わり、学校のある鳥飼や西新あたりには、クリスマスソングの曲が流れ、二学期の終業式を明日に控えていた教室でも、何かとクリスマスの話で盛り上がっていた。そんな中、沈みがちに窓越しに景色を眺めている千尋を見て、石島が寄って来た。

「千尋、どうしたと？」

漠然と眺めていた千尋は我に返って、

「う、うん。別に……」

作り笑顔をしてることくらい石島にもわかった。千尋と横に並んで、同じように窓越しに外の景色を眺めながら石島が優しく言った。

「うちに、言うてみらんね。悩みがあるんやったら、自分ば一人で抱え込んでも、ようならんとよ」

石島の声掛けに、思案しているのがわかる。

(そうだよね。自分じゃあ、どうにもならない)

「石ちゃん」

「ん？」

「うちね」

「うん」

「うち、聡さんと、うまくいっとらんとよ」

泣き顔にならないよう、懸命にこらえて千尋が話す。

「何ん、それ。付き合っとっちゃあなかったとね？」

てっきり聡と上手く行ってると思っていただけに予想外の千尋の言葉だった。

「最初だけけったい。だんだんと、連絡が来んようなったと」

「千尋は、今でも好いとうとね？」

「……うん」

「聡さんは？」

「よう、わからんと」

「そりゃあ、いっぺん気持ちば、確かめたがよかよ。手探りで会っても、お互い不信感が芽生えるだけけったい」

と石島もそう言ったものの、方法論までは見出してはやれなかった。

その時、飯島がやって来た。飯島は今も田中とのつながりをもっていた。

「石ちゃんでも、千尋でもよかばってん、今度の土曜日の夕方、うちに付き合ってくれん?」それどころではない千尋は、黙っていた。石島が雰囲気の手前、聞いてやる。

「何んがあると?」

「田中さんと会うばってん、一人で会うのもね」

「よかやん。何んがいかんとね」

「断る理由も見つからんし、うちね、好きでも嫌いでもないとよ。かといって、会いたい気持ちもなかばってん……」

つまり、誘われたけど、その気がないというものらしい。

「で?」

「で、ついて来てくれん? 何か渡すものがあると言われとると」

石島は飯島とは親しくはなかったことも手伝って、

「まっ、そうゆう件なら、県人同士の千尋に任すっちゃ。うちは用があるけん、千尋ば行っちゃり」

そう言って、石島は面倒になる場面から早々に立ち去っていった。

「よか?」

「えっ?」

「千尋ついて来てくれん?」

自分のことで一杯の千尋だったが、同じ郷里、同じ寮生のよしみで「よかよ」と答えた。悩んでも仕方ないことはわかっていての返事だった。「ありがとう」飯島は、それで解決したような気持ちになって、席に戻って行った。（うちはいつも損な役回りったい）そう心に思いながらも、今回こうなったのも聡の積極的なアプローチに、反応しきれない自分が招いた結果だということもわかっていた。だから余計に、そんな自分が嫌いだった。千尋は、明らかに自己嫌悪に陥っていた。

「聡」

「おう、何？」

「実は、ちょっと言いづらいんやけど」

「構わんよ、何？」

田中が聡に口を開いたのは、飯島に会う前日の金曜日だった。寮の風呂から上がって、ドライヤーで髪を乾かしている最中を、田中が背後から話しかけた。聡の長い髪が、なかなか乾かない。

「えっ！　明日じゃん」

「そう、明日の夕方」

「別に、暇だからついて行っても構わないけど。他にいないのか？」

「他の連中は皆、鳥飼とは縁が切れとうっちゃ。ばってん、いまさら言えんちゃんねー、ついて来てくれって……」

「そりゃあ、まあな……」

乾かすのを止めて答えた。

「聡は、千尋ちゃんとまだ続いているし」

「いやそうでもないんよ。最近は、手紙も滞っているし」

少し驚きながらも「そうなん？　じゃあ、もう全員壊滅となるか……」

「何言ってる。田中、お前はうまくいってるんだろう？」

「いいや、飯島さんの、反応がイマイチでさ。なんか、もうどうでも良いかってね」

「ふ～ん」

「まあ、それでせめてクリスマスが近いことだし。ラストメモリーとして、最後を華々しく飾って終焉としたいわけよ」

「ほう～」

聡は茶化しながらも、さてさて自分たちはどうなんだろうと考えた。

千尋が嫌いではない。けど、俺を想う気持ちがストレートに響いて来ないもどかしさに苛立つ自分がいる。（相性が合わないのか。これも自然の流れか）などと、田中の誘いを聞きながら、頭を廻らせていた。

「おい、聡話ば聞いとるとね？」

「ああ、了解。じゃあ、ついて行くよ」

そう返事をしながら、千尋の走りながら駆けて来る姿を思い浮かべていた。

「悪いね」

そう言いながらも、どことなく安堵感を持って田中は自分の部屋へと戻って行った。

（いい子なんだけどなあ）九州とはいえ、玄界灘に面する福岡は、寒風で寒さも一入だ。「まっ、いいか」と一人そう呟いて、冷たくなった髪を急いで乾かし始めた。


「田中、何時に飯島さんは来る？」

「五時半の待ち合わせなんだけど」

「もう、六時前だぜ」

寒風にさらされながら、田中と聡はダイエーの前にいた。

「おお〜、寒う〜」「中から外を見ようぜ」

「ああ」

そう言って、身体を丸めながらダイエーに入りかけた時、呼び止める声が背後からした。

「田中さん」

田中と聡が振り返ると飯島が立っていた。

「こんばんは」

「こんばんは」

「聡さんも来とったと？」

「お久しぶり。ついて来ちゃった」

背を丸めたまま答える。

「そう。私もひとりじゃあね、なんかね。だから千尋に付き合ってもらったと」

そう言いながら、飯島が後ろを振り向く。見るとダッフルコートに身を包んだ千尋がいた。聡も千尋もこの偶然に驚きを隠しきれない気持ちと、これもまた運命めいたものを互いが感じていた。

聡は、予想はしていなかったが、久しぶりの千尋に、

「こんばんは。元気だった？」

と、嬉しい気持ちも込めて言った。千尋は、もっと気持ちを出そうと、

「はい。まあまあ元気でした」

動揺しているのが、誰でもわかるような返事をする。千尋は、やはりいつもの誤解を生じるような返事しかできない自分に、テンションが下がってしまった。

田中と飯島がクリスマスのプレゼント交換をしている間、聡と千尋は、無難な互いの近況を話していた。

「大学どうすんの？」

「うちの短大に行こうかなって考えているんです」

「そう」

「聡さんは？」

「俺？　俺は変わったことないよ」

「そう。勉強……数学大丈夫ですか？」

「ああ、どうにか、こうにかね。あっ、教科書ありがとうね」

「役に立てて良かったです」

二人の間には、暖かな空気が流れる前に、どこかぎこちなさが漂っていた。

「もう、冬休みだね」

「ええ」

「帰るんだろう、唐津」

「ええ、あさっての月曜に」

「俺も月曜に帰郷するよ」

「飛行機で？」

「まあね。安く帰りたいから、スカイメイトで空席待ちになるけどね。まあ、急ぐことでもないから」

「私ね、修学旅行で初めて東京へ行ったんです」千尋はふと呟くようにそう言った。

「東京のどこに行ったの？」

「皇居とか日光とか」

「本当の修学旅行して来たんだ」

「本当の？」

「いや、良かった？」

「ええ、まあ」

相変わらず、曖昧な言葉しか出ない千尋は、石島の言葉を思いだしていた。（「そりゃあ、いっぺん気持ちば、確かめたがよかね……」）高鳴る胸の鼓動を必死で抑えながらも、自分に言い聞かせる。

（駄目、今のままじゃ。壊れちゃう。千尋！　千尋！）

「聡さん、あのね……」

　そう言い掛けた時、

「聡ー！　行こう」

「え！　ああ。じゃあ、千尋ちゃん、気をつけてね」

　聡は、千尋が大事なことを言い掛けているのではないかと気にしつつ手を振った。

「えっ？　ええ。ありがとうございます」

　田中のところに駆けて行く聡の後ろ姿に（私は、どうしてこうなんだろう）またしても、自己嫌悪に陥るはめとなった。

　千尋は、今年のクリスマスは別の意味で、つまらないと感じている飯島と、並んでバス停まで歩いていたが、二人とも会話は別の意味で沈みがちとなった。

　その晩、聡と田中は、既に寮を出ていた隆夫のいる馬出のアパートに泊まりに来ていた。寮も夏休みが終わった段階から、空き部屋が多くなっていた。大学生活に慣れてきた証かもしれない。一人、また一人とアパート住まいをする学生で、寮はがらんとしていた。しかし、たとえ「巣立った」としても、寮生同士の仲は良く、寮から出ても、こうやって遊びに行き来していた。田中や聡以外にも、加藤や、もうじき寮を出る同室の平井も来ていた。こうなると必然的に麻雀大会となる。とはいえ、皆習い立ての新米ばかり。面白みが判りかけている状態だ。とりあえず、田中、聡、加藤、平井のメンバーで始めた。隆夫は観戦しながらテレビを見ていた。

「まあ、とにかく一番負けが全員のラーメンを作ることでよかね」

「かまわんよ」

「よし、コツコツとつもりましょうか」

「田中は、せこいの〜」

「いいや、要は確実に上がることとったい」

「そうそう」

キッチン、水洗トイレ、六畳一間のアパートである。マージャン牌の混ぜる音が部屋一杯に響く。

開始早々に田中が、

「ごめん」

「何？」

「とりあえず、早目のリーチ」

そう言って、リーチ棒を置いた。

「まあ、早いリーチはたいしたことないって」

そう言って、加藤がリャンピンを捨てた。

「おお〜、当たり」

「もう！　なんだよ！」

加藤が渋りながら言う。

「立直、一発、平和だよ～ん」

余裕ぎみにタバコに火を点けながら田中が言った。

「ドラは？」

と、平井。

「ごめんね、ドラ付きで」

「おいおい、役満かよ！」

と、聡。

「次、次行こう」

点棒を渡しながら、気持ちを切り替えるように加藤が言う。

隆夫が横から、

「ところで、今日田中は飯島に会ったんだろう？」

「うん、会ったよ」

「で？　どうだった？」

「どうって、もう脈がないから、どうでも良いよ。面倒くさいし。それより、千尋ちゃんが一緒に来とったと。まるで、聡と待ち合わせしてるみたいに」

牌を混ぜながら田中が横目で聡を見る。ちょっと眉間に皺をよせながら、つまらんことを言う奴と思いながら否定するように、

「そんなわけないじゃん。俺は、田中が言うからついて行っただけ」（こんな時に話すなよ）そんな

思いが牌の混ぜように表れる。

　牌を並べながら平井が、

「えっ！　偶然かよ」

「まあね。そうゆうこと」（おっ！　このまま行けば七対子確定じゃん。ドラも二つあるし。さてさて、五萬よ来い来い、来てくれー）

　聡がそう思っていたら、先ほどから電話のベルが鳴って受話器を取った隆夫が、

「おい聡、千尋ちゃんから電話だ」

「えっ！　う〜ん、今大事なとこだから……隆夫、明日松屋レディースのエレベーター前で十時に会おうと言っといて」

　とっさに、そんな言葉が口について出た。

「なんだよ、それ！」

「いいから、いいから」

　そう言って聡がリーチ棒を出しかけた時、今度は加藤が、

「ごめんね。つもっちゃった」

「え〜もう、なんだよー」

　聡の胸の高鳴りが一瞬で消え、

「それで？」

「またまた、つものみ」

と、申し訳なさそうに加藤が言った。

「怒るぞ！　本当に！　あー俺、トイレ。隆夫、ちょっと代わって」

「よっしゃあ」

そう言って、聡はトイレに行った後、千尋のことを聞いた。

「隆夫、千尋ちゃん、何だって？」

「そんなこと、知らんぞ。お前わかっていて、明日松屋で会うんだろう？」

「いや、多分会いたいのかな～なんて思っちゃったりして」

「なんとまあ、ずうずうしい奴」

聡は、ごまかすようにおどけてみせたが、隆夫のアパートに来つつ、今日の千尋の言いかけたことが気になっていたのである。そういう意味もあって、明日会おうとしていた。

麻雀は、半チャン二回して、結果的にコツコツかせいだ田中の勝ちで、千尋のことでさっぱり運がソッポを向いた聡の負け。テレビを見つつ、雑談している連中の声を聞きつつ、狭いキッチンで隆夫が買い置きしていた、マルタイの棒ラーメンの袋を取り出していた。夜中までタバコと焼酎の匂いが充満した部屋であったが、皆憎めない、いい奴ばかりだと思いながら、お湯の沸くのを待つ聡だった。


翌朝、コタツにごろ寝状態の中、聡は身支度をして、馬出から市内電車に乗って、天神を目指した。昨晩は、一方的な約束を取り付けたことに、若干の躊躇と申し訳なさを感じていたが、そんな気持ちは、この際片隅に追いやって、会える気持ちで心が高まるのがわかった。もちろん、昨日会ったままの服装である。気恥ずかしさもあったが、それより、定刻の十時に間に合うかが問題だった。

約十五分遅れて、松屋レディースのエレベーターの前に着いた。千尋は既に来ていたらしく、もともと肌の白い彼女は、鼻と頬を赤らめていた。

「おはよう！　いや、ごめん。呼んでいながら遅れて」

「おはようございます。いえ、私も今来たところなんです」

（そんなことないだろう）と、思いつつ、

「そうなんだ」

としか、言わなかった。

「とりあえず、寒いからどっか入ろう」

そう言いながら、真向かいの喫茶店に誘った。

二人分のコーヒーを注文した後、聡が話かけた。

「昨日、隆夫のアパートにいるって、よくわかったね」

「田中さんが、飯島さんに話していたんです。『今晩、隆夫のところで麻雀するんだ』って」真向かいに座る千尋は、顔を聡にどう向けていいかわからないような素振りで話す。そんな千尋を見ながら、

「そうなんだ。で、話があるって？」

「昨日のお礼を言いたくて」

「それだけ？」

「ええ……まあ……」

「違うんじゃあないの？」

「……」

「俺、昨日、千尋ちゃんが何か言いかけたじゃない？　あれって何か大事なことだったんじゃあないの？　今日は、そのことで会おうと思ったんじゃあないの？」

聡の問いかけに、勇気を出して言えないジレンマが伺えた。見かねた聡は、

「もう、いいよ。わかったから」

するると小声で、

「ごめんなさい」

と答えた。

精一杯な千尋のうつむく姿を見て（この子は、これで一杯なんだ。多分、これで今までも誤解をされることもあったんだろうな）と感じた。（これ以上、責め立てるようなことは酷だな）とも思った。聡は今回のことで意を固めた。

「千尋ちゃん、次から『千尋』って呼んでもいい？」

千尋は、一瞬戸惑いを含んだ驚いた様子になっていたが、少し笑顔になって、

「はい」

と、うなずきながら千尋は顔を上げた。

(この子はこうゆう子なんだ)そう思いながら、聡は久しぶりに会う千尋と話し込んだ。明日から、短い冬休みが始まるひととき、千尋は自分の内に秘めた気持ちも見抜いて、温かくくるんでくれる聡に、(私は、聡さんが本当に好きになった)と、心に刻みつつ、少しの自信をつけることができた。その表れとして、話をする聡の顔を見つめる自分になれた気がした。ふと外を見た千尋が言う。

「あっ! 雪」

その千尋の言葉から、幸せ感が含まれていると、ふと聡は思うのであった。


年も明けて、クリスマス前に寮を出て行った同室の平井もいなくなり、一人部屋となった聡も、ぼちぼちアパートか下宿探しを考えなくてはいけない時期を迎えていた。一年生しか入寮できない規則だからである。二棟一階の住人も、今では十人くらいになっていた。授業が終わるやいなや、不動産屋の掲示物を見るのが日課となっていた。千尋も、進学校を絞っていたが、結局同校の鳥飼短大の幼児教育科に進学することにした。二月の極寒の中、学内に泊り込んで挙行された測量合宿も無事終わり、春休みを利用して聡、ヒデキ、田中は一年間お世話になった寮を出た。聡は、香椎花園前、田中は香住ヶ丘、ヒデキは御幸町へと引っ越して行った。千尋も高校の寮から、短大近くの別府のアパートへと引っ越しをした。

「千尋、今度の日曜なんだけどね。香椎花園に女優が来て、撮影会があるんだけど、来る?」

「誰が来ると?」

「岡田可愛とか、島田陽子や紀比呂子も来るみたい」

「じゃあ、友達誘って行くから」

「ああ、じゃあ何時に来る？」

「十一時じゃあ駄目？」

「いいよ、それで。じゃあ、香椎花園駅で待ってるから」

「わかった」

「じゃあね」


アパートとは言いながらも、一階に住む大家の電話に呼び出しての会話である。千尋も短大生になったからではないだろうが、冬の喫茶店で会った頃から、自分の気持ちをうまく出せれるようになっていた。聡の気持ちが奈々じゃあなく、自分に向けられている確信を得たからであろう。

香椎花園は西鉄宮地岳線の沿線に造られた遊園地で、当然西鉄が運営していた。その傍らには野武士集団として活躍していたプロ野球のライオンズ時代の練習場が残っていた。聡の住むアパートから花園駅は目と鼻の距離で、駅を行き交う人が手にとるように見える。時間を見計らって駅に向かった。

聡の格好といえば、テレビドラマの中村雅俊の影響なのか、下駄履きである。いつも花園の前を行き交う聡でも、今日の入園者の目的が、女優の撮影会であることぐらいわかる。ほとんどの入園者が、カメラを持っていた。そうこうしていると、電車が駅に着いて、千尋と見覚えある女性の二人で、聡の下にやって来た。

「おはよう」

「おはよう」

聡は挨拶をしつつ千尋と並んで立っている女性を見ていた。

「こちら、林田さん。覚えてる？　奈多の海岸に来てたでしょう」

「おはようございます。」

と、林田が頭を下げて挨拶する。

「えっ！　あの林田さん？　へ～、久しぶりだね。いや、おはようございます」

「はい、ご無沙汰してます」

彼女もまた短大生となり、化粧のせいか大人びて見え、その変貌に聡は驚いてしまった。

三人それぞれ入園料を払って、園内に入って行った。園内には、たくさんのアマチュアカメラマンが、女優が通る沿道を埋めつくして、その出番を待っていた。併せて野外ステージでは、FM福岡主催のフェステバルが開催され、フォーク歌手のウイッシュが出演して、「ご案内」「六月の子守唄」などの歌を唄っていた。そうした野外ステージを見たり、ジェットコースターに乗ったりして一時過ごした三人だったが、林田は用事があるらしく、先に帰って行った。

聡と千尋の二人だけになると、花園近くの浜辺に出てみた。ボート乗り場も付設してあるので多くのカップルや家族づれが乗っている。

「どう？　短大生の気分は？」

「そんな、変わらないよ。ただ、寮の生活じゃあないから、時間的に楽になったけどね」

目の前に広がる浜辺と博多湾を挟んで、千尋がいる西区が見える。

「自分で自炊してんだ」

「たまにね。そんなにレパートリー多くないから」

「今度、招待してよ」

「いいけど」

「いいけど？」

「一階が大家さんだから、何かあると親に連絡されちゃうと困るしね」

「それもあるね」

「まっ、それは今度の時でいいや。それより、気候のいいこの時期、ドライブに行こうよ」

「いいの？　車は？」

「従兄弟に借りるよ」

「え〜、福岡に従兄弟いるんだ」

「それも、先輩だ」

「え〜、そうなんだ」千尋は、驚きながら聡を見た。

「行く？」

「うん」

「じゃあ、天気良ければ来週の日曜に行く？」

「じゃあ、私お弁当作ってくね」

「おお～良いね～」「まだ行ってない志賀島に行く？」

「行く、行く」

「じゃあ、決まり。貝塚駅に十時でどう？」

「いいけど、フフフ」

「何？」

「なんか、聡さんって、十時が好きなんだ」

「何それ？」

「だって、大抵会うのに十時が多いもん」

「そうなんだ」

「そう」

千尋の笑顔をず～っと忘れていたような感じがしていた。（この子は、もっと笑えばいいのに）と、聡は千尋と話しながら思った。千尋も、今まで聡に対して構えていた部分が取れ、穏やかな気持ちでいられると感じていた。（聡は、私だけを見ている）そう思いながら、千尋はうれしさで心が満たされていた。

八　ドライブ

月曜の晩、香椎駅の一つ手前の箱崎駅から南に向かって、ほどよい所に箱崎宮がある。その近くに、昔は旅館を営んでいたのではないかというような趣のある造りの旧家があって、その一室を「間借り」状態で従兄弟の晴夫は住んでいた。聡は、入学して間なしの時に、一度挨拶がてらに訪ね、その後、週末になると食事目当てに何度か来ていた。

「晴ちゃん、お願い。頼む」三畳一間の末席から、聡は手を合わせる。

「お前、こっちに来たからって、俺んとこには、そげんこつばっかやない」

「従兄弟のよしみでお願いに来とります。あんじょう、頼んます」

聡は、晴夫に向かって正座し、低姿勢で頼みこんでいた。

「わかったから、もうよか。ばってん頼むんとはよかよ。しかしそのものの言い方どげんかならんとや?」

「えっ? おかしい?」

「もう、よか」

「じゃあ、借りていい?」

「頼むぞ! 安全運転。まだ、ローン一杯残ってるんだから」

「そりゃあ、もう」

「じゃあ、日曜の朝にカギを渡そう。何時に来るとや?」

「九時半じゃあ駄目?」

「寝とるばってん、起こしや」

「ありがとう。やっぱり晴ちゃんだ」

「もう、持ち上げんでよか」

晴夫の出身は山口の下関であった。彼の母親が聡の母親の妹であり、小さい頃から結構、従兄弟同士の行き来で、他の従兄弟たちよりは親近感があった。それにもまして、彼も文理大の卒業生であった。博多駅前にある、大手事務機メーカーの営業マンとして社会人二年目でもあった。

こうやって、久しぶりに従兄弟の晴夫のいる箱崎を爽やかな気持ちで後にすることができ、聡の心は既に日曜に移行していた。(車に不満はないな。なんたって、ブルーバードSSSハードトップだもんね)免許は去年の夏に取っているが、いくらも車を運転をしていないこと以外は万全であった。


金曜日の午後、別館三〇二号室で「児童心理学」の授業を受けている千尋は、聡とのドライブに持っていくお弁当の献立ばかりで、頭の中は一杯であった。いつしかノートには献立のメニューが描かれていた。短大生になってから、仲良しになった小倉京子が、

「千尋！　千尋！」

と、小声で話しかけた。

「何ん？」

「何んじゃあなかよ！　ノートば見らんね」

そう言われて、千尋は自分のノートを見てみると、ハムとか玉子焼きとかブロッコリー等を描いていた。到底心理学とは無縁の文字が並び、我に返って「あっ！」と言いかけてすかさず消しゴム

で消し始めた。

「何を考えとったと？」

「ううん、何んも」

と言いながらも、満願の笑顔に、

「何んもないこつなかろうもん。そげんこつ、物思いばふけっとるとね」

誰かに言いたくて、そして誰かに話したくてたまらなかった千尋は、これまた小声で、

「日曜ね、聡さんとドライブの約束したと」

「はは～ん。それで弁当作るったいね」

「なして、わかったと？」

「当たり前ったい。でなきゃ、メニューば、ノートに書くわけなかろうもん」

「ううん。これは無意識ったい」

「楽しみにしとるとやね」

「うん」

もう、幸せ一杯の顔で千尋らしく、小さくうなずいた。

「ごちそうさま」

京子は、千尋と聡との破滅寸前の状況だったことを、石島経由で聞いていただけに、今の千尋の様子を見て微笑ましく感じとっていた。（でも、あさって何持っていこう）未だに迷っている千尋の横顔を見ながら、（良かったね、千尋）心からエールを送っていた。

日曜日の朝、早めに起き出した聡は、早々にアパートを出て香椎花園駅から電車に乗った。貝塚駅で市内線に乗り換え箱崎松原で降りて、寝ぼけ眼の晴夫から車のカギを借り受けて乗り込むと、(緊張するなあ)と思いながら、頭にイメージトレーニングを描いてエンジンをかけた。そして、計器の確認をして徐行しながらスタートを切った。国道三号線から、貝塚駅へと右折し沿道に停めた。すぐスタートできるように、車の向きを反対にしようと切り返しをしていたら、対向車線から一台のトラックがやって来た。何も焦る必要もなかったにもかかわらず、心理的にせかされて思わず、アクセルを踏んでしまった。

「あっ!」

「ガシャ!」

鈍い音とともに、バンパー下部からの衝撃が伝わってきた。

「そんな……どうして……」

とりあえず完全に向きを変えて、ニヤニヤしながら走り去るトラックを見つつ、車から降りてそっと前方右下部を覗く。

「あ～、どうして……これから行くのに」

まぎれもなくバンパーが破損していた。晴夫の怒りの顔が思い浮かんだ。意気消沈し、へこんでしまった聡は、千尋が駅から出て来たことにまだ気づかずにいた。

「おはよう」

その言葉で我に返った聡は、

「あっ！　お、おはよう」

どうつくろうおかと切り替えが完全でなかったが、

「よ、よかったね、いい天気で」

「うん？　どうかしたの？」

「えっ！　ううん、緊張しちゃって。なんせ、久しぶりだから、運転は」

「大丈夫？」

「そりゃあ、安全運転ばい」

「フフフ。おかしい。変な博多弁」

「そう。まあ、じゃあ、行こうか」

「ええ」

スタート前から台無しにはできない思いが、頭をよぎった聡である。

「いいの？　こんな車に乗せてもらって」

「いいよ。従兄弟から太鼓判もらったから」

そう言った後でまたしても晴夫の顔が浮かんでしまった。

国道三号線から奈多方面に左折し、「海の中道」を走り、志賀島へと緊張しながらも無事「休暇村志賀島」前の下馬ヶ浜近くに車を停めた。目の前に広がる玄界灘の向こうに玄海島が見える。

海風が心地いい中、聡は千尋を誘って、浜に下りて歩いた。季節前の浜は、地元の子供たちが数人いるくらいで、海も穏やかで打ち寄せる波の音だけが耳元に優しく、とても素晴らしかった。

「静かだね」

そう聡は言いながら、浜に流れ着いたのであろう流木に腰掛けた。千尋も隣に座り、しばらく二人は海を眺めていた。

「高校時代からの友達も何人かは短大に行ってるの？」

聡の問い掛けに、

「ほとんどの子は、スライドして短大か大学に行ってるよ」

聡は、「そう」と、短く返事をした。

少し間があいて、

「奈々は、大学に行ってるよ」

千尋は、聡が多分聞きたがっていると思って、わざと聡の心を探った。

「そう？」

(どうして、奈々の話題を出すんだ) そんな思いをしつつ (そうなんだ。奈々は大学にいるんだ) との思いもした。

「気になる？」

「えっ？　ううん。でもどうして聞くの？　まあ……結局俺たちだけになったしね」

「そうね」

「そうゆう意味じゃあ、寂しいね」

「そうね」

こういったグループ関係の話が、二人にとってあまりいいことではないことを、いち早く気付いていながらも、どこで切り替えようかと思案していた聡と千尋であった。

聡は時計を見ながら、昼近いことでもあり、

「もう、昼近いよね。お昼する?」

気持ちの切り替えにいいと思った千尋は、

「そうね。じゃあ私、お弁当取って来るね」

「そう? じゃあ、カギ渡すよ」

そう言いながら、聡は千尋に車のカギを渡した。

一時一人となった聡は、きっかけはともかく、グループでの話は気まずくなるだけだと感じていた。そのことに、多くを語らない千尋にもいろいろあったのかもしれないな。俺も奈々の件で、ヒデキと気まずくなったし。もう触れないようにしなくては。打ち寄せる波を見ながら、そう考えていると、千尋が戻ってきた。

「お待たせ」

「すごいね」

千尋が抱えて来たバスケットを見ながら聡が言った。

「ううん、たいしたことできなくて」千尋から手渡しされ、「どれどれ」そう言いながらバスケットの中を覗くとサンドイッチや、果物、飲み物、サラダ、そして教室でノートに描いていた特大の玉

子焼きが揃えて詰めてあった。

「こりゃあ、すごいや」

「そう？　でも、ないけど」

千尋は、多分聡は褒めてくれるだろうとは思いつつも、自分が描いていた通りにできていない献立に気恥ずかしくてそう言った。

「今朝、作ったの？」

「うん」

「何時起きで？」

「う〜ん。五時起きかな」

「気合入ってんだ」

「ううん、手際ようは、しきらんだけ」

千尋は、本当にそう思った。そんなことないよ、との思いも込めて、聡が言う。

「じゃあ、頂きます」

「どうぞ」

二人並んで、しばしランチタイムとなる。聡は本当においしいと感じていた。千尋は、その姿を見ながら、この人のためにお弁当を作ってきて良かったと、ちょっぴり幸福感を味わっていた。これから前だけを向いて行くんだと。いままでのことを払拭したいとも思った。聡だけを見て行きたいと。

いつしか子供たちもいなくなり、本当に静かになった浜辺を散策していたが、志賀島を一周してみようと車に乗り込んだ。聡も運転に慣れて、

「どう？　ちょうど帰り道でもあるし、俺んとこに寄ってく？」

「そうね。まだ、行ったことないしね」海風に千尋も聡も髪が踊る。

「じゃあ、そうしようか」

そう決まると、聡は国道三号線沿いにある文理大手前から香椎花園方向へ右折して、聡のアパートのある道の沿道に車を停めた。

一階にある聡の部屋は、六畳一間だけの簡素なものであった。お世辞にも綺麗とは言えない造りのアパートであった。

「どうぞ」

聡がドアを開ける。

「おじゃまします」

そう言って、南向きの部屋に入ると、オーディオが場所を占拠した形で、あと書籍棚と机と衣装入れ、カラーボックスがあるだけの殺風景そのものであった。

「女の子を招待するほどの部屋じゃあないんだけどね」

そう言い訳めいた言葉しか、捜すことができなかった聡は、照れくさそうに、

「まっ、そこに座ってよ。コーヒーでも入れるから」

そう言って、インスタントコーヒーをコップに入れ始めた。

「ええ」

そう言いながら、千尋はオーディオの正面から、反対側の壁を背にして座った。唯一、畳に敷かれた絨毯が学生には不向きなくらい高級感をかもし出していた。すかさず、

「この絨毯って、買ったの？」

「いいや、俺んち敷物業だから。自宅から持って来たんだ」

その絨毯は、植毛が密集してカービング加工した、いわゆる「段通」であった。

千尋は、簡素な部屋に、これまた似つかわしくない音響設備を見て言った。

「このオーディオも、なんかすごそう」

「前々から、欲しくってね。寮から出たのをきっかけに買ったんだよ。このアンプがサンスイで、カセットデッキはナカミチ、オープンデッキなんか、アカイかティアックあたりが欲しかったんだけど、いかんせんそこまでは買えないしね。プレイヤーはマイクロ、そしてやっぱりスピーカーはJBLだね」

そう説明を受けるも、千尋にはさっぱり理解できなかった。「すごいね」多分、そうに違いないと思いながら答えた。

コーヒーを入れて、二人座ってしばらくは、聡が選曲する曲を聴いていたが、やがて陽水の「心もよう」がかかると、話すことよりも、その雰囲気に聡は千尋の肩に手を回した。千尋も何も言わず、下を向いたまま聡に寄り添った。そして、聡の顔が近づき、千尋の柔らかい唇に触れた。小さい声で千尋が「にがい」と、漏らした。「コーヒー味だね」聡の言葉に、二人は見合って小さく笑い、

抱き寄せたまま、しばらくは曲に聴き入っていた。

待ち合わせた貝塚駅で千尋を降ろしながら聡は、

「今度さあ、千尋んちに行ってもいい？」

「いいけど」

「けど？」

「ううん。いいよ」

「なら、次の日曜はどう？」

「うん」

「また十時にしようか」

「じゃあ、聡さんの好きな十時に。あっ、聡さん、私んち下が大家さんでしょう。いきなりアパートに来られても困るから、十時前後に別府二丁目のバス停で会うことにしません？」

「そうだね。わかった。じゃあね。今日は、楽しかった。ありがとう」

「ううん。私もとっても楽しかった」

「じゃあ」

「はい」

千尋はそう言いながら、貝塚駅に入って行った。

千尋を見送る、そんな余韻を吹き払うように聡は、緊張していた。

さて、晴夫ちゃんにどう切り出そう。そんな思いが頭を掠める。とりあえず、車を駐車場までつけて、晴夫のアパートに上がった。

「晴ちゃん、いる?」

「おう、お帰り。無事だったとや?」

「まあ、俺はね。無事なんだけど」

「何ん、それ」

晴夫は横になってテレビを見ていたが、すくっと起き上がり座り直した。

「もちろん、安全運転してたんだけどね。してたんだけど、ちょっとね……」

「何ん、奥歯に物が挟まったような、まさか、聡、お前?」

「ごめんなさい」

「どこをね?　どこで?　何ん、お前なあ……」本当にどうしてくれると言わんばかりに晴夫が言い寄ると、

「ちょこっと、前のバンパーをね」

「当てたとや?」

「ちょっとね」

「早よー言えよな～」

そう、言いながら晴夫は階段を駆け下り、駐車場へと向かった。

「おおー、なんという!」

聡は、ただただ「晴ちゃん、ごめん」を繰り返すだけだった。腕組みして固まっていた晴夫は、

「もう、起きたことはしょんなか！」

「晴ちゃん、修理代出しますから」

「そげなこつ、よか！」

と、晴夫は言った後、間髪入れずに、

「いや、そう言いたかばってん、当たり前ったい」

「はい。なんなりと」

「聡は学生やけん、分割でよか。見積ばとってもらった後で連絡するけんね」

「はい。いかようにでも」

「買って間がないとにね～」

ため息を一つついて、晴夫は「もう、よかけん。上がろう」そう言って、聡を誘ってアパートに戻った。

結局、学生でもある聡に、月々三千円ずつ八回に分けて支払うよう言って来た。初ドライブが高くついてしまった聡だった。

九　さぐる心

福岡市内線の城南線六本松で降りて、茶山・七隈方面のバスで、別府二丁目まで来た聡

は、千尋がバス停に立っている姿を見つけた。

「おはよう」

「おはよう」

「聡さん、すごい。時間ぴったり」

「たまたまだよ」

二人並んで少し歩くと、左手に別府幼稚園があり、右手前方には銭湯もあった。

「便利よさそうなところだね」

「そうね。買い物も近いし、学校も次のバス停だしね」

「ふ〜ん」

そう言いながら、一本目の筋を右に曲がった先の道路沿いに、並行する板塀のある民家の前で二人は立ち止まった。

塀の脇に押し戸が設けられ、

「ここなの」

と、千尋が言った。

「大家さんとは、玄関が別で、大家さんは表側で、私たちはこちら側からなの」

「ふ〜ん」

押し戸を開き、アパートのドアを千尋が開けると、頭上の部屋へとつながる階段が設けてあった。

先に、千尋が入り階段を上がりながら、

「女性ばかり四人だから、静かに上がってね」

そう言った。

「ああ」

聡は思わず小声になって、階段を上がっていった。

真ん中に廊下があり、左側に二部屋、右にも二部屋でその右側奥に共同トイレが付設されている。

千尋の部屋は、階段を上がった右手すぐのところであった。千尋が部屋のドアを開けて、聡も入室した。六畳一間で北側に窓があり、東側には小さな台所と小窓もついていた。

千尋が窓を開ける。レースのカーテン越しに入る風が心地いい。

「いい部屋じゃん」

「そう」

「これでいくらなの？」

「月八千円」

「安い！　安すぎるよ」

「俺んとこは、あんな汚いところで九千円だよ。おまけに台所もトイレも共同だし」

「聡さんとこは、駅が近いから」

「まあ、そりゃあそうだけどね」

そう言いながらも、断然千尋の居る別府のほうが、場所的には優位に違いなかった。

部屋を見ながら

「テレビ持ってんだ。買ったの?」

「ううん。家から持って来たの」

「唐津から抱えて?」

「まさか。お母さんが、車で運んでくれたの」

「ふ〜ん」

北側の窓の下に座って、マイルドセブンを取り出した聡を見て、深めの皿を用意しつつ千尋が言った。

「聡さん、気を悪くしないでね」

「ああ何?」

「男の人を入れちゃあいけないことはないんだけど、あまり頻繁だと、大家さんから実家に連絡入っちゃあ困るから」

「そうだったね、わかった。声は小さく、そうそうお邪魔しませんから」

「ごめんなさい」

いかにもすまなそうに千尋が話す。

「で、千尋以外も学生なの?」

「ええ、皆んなうちの学生」

「そう、皆んな鳥飼なんだ」

しばらくは、千尋のアルバムを見て、生い立ちの話をしていたが、「冷たい飲み物買ってくるから」と言って、千尋が部屋から出て階段を下りていった。そうこうすると東側の小窓方面から声がした。

「こんにちは」

当初、こちらに向かって声掛けをしてると気付かなかったが、聡は恐る恐る小窓から見てみると、女の子がこちらを見ていた。

「こんにちは」

そう言いながら、笑顔で女の子が挨拶してきた。

「こんにちは」

「千尋、おると？」

「いや、今ジュースを買いに行ったけど」

「あら、そう。良かったらこれ飲みません？」

「ああ、でも……いいの？」

「よかよ」

（美人だぁ～）「じゃあ、頂くね」

「私、相田美和。宜しくね」

「ああ俺、羽村聡。宜しく」

そう言いながら、美和からコーラの入ったコップを窓越しに受け取った。ちょうど喉が渇いていた聡は、一気に飲み干した。

「ありがとう」

聡は、飲み干したコップを窓越しに返した。

「いいえ。たいしたことないよ。ところで、聡さん学生です？」

「ああ、文理大の二年」

「香椎にある？」

「そう」

「ふ〜ん。めずらしかね。結構こっちじゃあ、西新の福学とか、七隈の博多の人と付き合ってる子が多いけど、千尋もなかなかやね」

「そうなんだ」

「やっぱり、場所的にね。近いし」

目元、顔立ちも端正な男好きな様相である。聡も（この子はさぞ、もてるだろうな）と、思った。

そうしていると背後から、「ただいま」と、声がして千尋が帰って来た。

「あっ！　今ね。相田……」

名前まで覚えてなかった聡に、千尋が、

「美和でしょ」

「そ、そう美和さんから、コーラをもらったから」

「あっ、そう」

そう言いながら、千尋は台所の窓越しに見える美和に向かって、

「美和、ありがとうね」

と、作り笑顔で、愛想良く言った。

「どういたしまして。千尋、よか男やねー」

「そう」

「そうったい」

「ありがとう」

そう言いながら、千尋は小窓を閉めかけると、

「聡さん、またね」

と、美和が声掛けした。

窓を閉め切った後、千尋にしてはめずらしく、

「私が飲み物買って来るって言ったのに、どうして美和から受け取るの？」

と、不機嫌に聡に言った。

「いや、ごめん。千尋の友達だと思ったし、わざわざコップについでいたし」

意外な千尋の態度に聡は戸惑いながら言った。

「私、美和は好きじゃあないの。関係ないのにすぐ間に入ってくるし、ちょっかいも出すし」

「へ〜そうなんだ」

「聡さんも、気をつけてくれんと……」

そう千尋から言われ、聡もやり手な女の子もいるもんだと思いつつ、あの美貌なら大概の男はな

びくだろうとも思った。

気まずい空気が一瞬立ち込め、千尋は黙り込んでしまい、台所から動かなくなった。聡はバツがわるそうに、千尋の肩に背後から手をかけ、

「ごめんね。でも、変な心配いらないよ。今、千尋しか見てないから」

と、言うと、一時の沈黙の後、

「うん」と、千尋がうなずきながらも、

「私ね。私……この前のドライブの時も言おう言おうとして、言えなかったんだけど、本当に……聡さんは私でいいの?」

聡は、これまた予想外の千尋の問いに、

「どうして、そんなこと言うの?」

「今、私しか見てないって言ってくれたけど……本当にそうなの? 本当は……本当は……別の人を見てるんじゃあない?」

その千尋の問いかけに聡は、

「だったら、ここには来ないよ。俺は、千尋に逢いたいと思ったから今までも逢ってたし、これからもそうしようと思ってる。それだけじゃあ駄目なの?」

聡の正直な気持ちでもあった。

「そうじゃあないけど、ただ、ただ、もし思わせぶりなら、まだ間に合うから……まだ自分の気持ちを抑えられるから」

千尋が不安に怯えている本心を聞き出した聡は、自分の心を見抜かれている恥ずかしさと、千尋を想う愛しさが混在していることを、千尋に言葉で言い表せないジレンマで、自分に腹を立てていた。

「うまく言えないけど、嫌いならここには来てないよ」

そういう言い方しかできないから、千尋が不安がることもわかっていた。自分自身に納得してないことを千尋に伝え切れるわけもないこともわかっていた。しばらくは、沈黙の部屋となっていたが、陽も傾き始めていたことから聡は、この場にいたたまれなくなり

「もう夕方だし、帰るから」

と部屋で立ちすくむ千尋に聞こえるように言った。

部屋から出て階段を下りかけた時、千尋が部屋から駆けて来て聡の肩に手をかけた。聡が振り向くと千尋は首を横に振りながら「帰らないで」と涙声で言った。曖昧だけの言葉しか千尋に投げかけられなかった疎ましさもあったが、好きだという想いもあるのも事実だった。

「いいの?」そう言いながら部屋に戻った聡は、涙ぐんだ千尋を抱きしめた。言葉で千尋の気持ちを安心させられない苛立ちを、振り払うように。千尋もそんな聡の気持ちは理解できていた。

「グゥ〜」その時、聡のお腹が鳴った。気まずかった二人に笑顔がよみがえり

「お腹空いたね」

「何も食べてないしね」

「何か作るね」

「いいの？　悪いね」

「ううん。そうしたいの」

「ありがとう」

不安となる、もう一つの心を払拭するかのように、その場は穏やかにつくろった。聡の心には意識しなくても奈々がいた。千尋も聡の心の中に、奈々がいることくらいわかっていたが、これ以上あえてかきまわしたくはなかった。それは聡も同じだった。甲斐甲斐しく夕食の支度をする千尋を後ろから見て、この子と慌てず歩んで行こうと、聡は思った。

部屋の中に、初夏を思わせる焼きナスの焼ける匂いが立ちこめ、季節が変わり始めていることを告げていた。


その晩、聡は千尋に自分という男を知ってもらいたくて、自分をさらけ出すように素直に、そしてありのままを話し続けた。千尋も、そういう聡の誠意が痛いほど感じ取れた。さらに、場を和ませる聡の人柄にも、いつしか心は聡に一途になっていくのがわかった。夜が明け、通りにも車や人の声が行き交うようになり、「徹夜しちゃったね」そう言いながら、聡は大きくあくびをした。午前八時を回っていた。千尋も、眠そうになりながらも、それにうなずいた。

「じゃあ、何がなんでももう、帰らないとね」

「うん」

そう言いながら、ドアを開けようとした。その時、

「千尋、起きとう？　千尋！」

京子の声が、ドアの外からした。聡は、慌てて部屋の隅に移った。

「何ん？　どうしたと？」

千尋も眠気が吹っ飛んで、そう返事をすると、

「一時限目の幼児教育が休講になっとると。時間つぶしと千尋にも教えちゃろうと思ったとよ。だから部屋に入れてくれんね」

今度は、光子の声がした。

「わ、わかった。ばってん、ちょっと待ってくれんね」

そう言いながらも、千尋は頭が混乱していた。とりあえず、急いで聡を押入れにかくまい、最速で場を確認して、ドアを開けた。

「おはよう」

「お、おはよう」

そう言って、京子と光子が入って来た。千尋の顔はこわばっていた。

「どうしたと？」

「えっ！　何が？」

「だって今まで声がしたら、すぐ開けよったとに。何んかしよったと？」

京子の問いに、

「寝とったから、布団ば片付けよったと」

「ふ〜ん」

「ま、まあ立ったまましゃあね、そこに座らんね。今、コーヒーば入れるけん」

そう言われて二人は座りかけると、テーブルの灰皿を見て光子が、

「千尋、あんたタバコば覚えたとね」

（とうとう始めたんだ）と、言わんばかりの目をして千尋を見た。（しまった！　テーブルまで確認していなかった）そう思いながら千尋は、

「美和ったい。美和が晩に来とったと」

「千尋、美和とは仲良かった？」

「仲良かぁ〜こつなかばってん、そいでん話がある言うばってん、部屋にちょこっと入れたと」

「ふ〜ん」

話を変えようと千尋は、

「今朝、わかったと？　一時限目の幼児教育が休講になったとは」

「そうったい。こげんこつ、前の授業んとき言うて欲しかったたっちゃんね〜」

「まあ、休めるんとは、よかばってん」

コーヒーをすすりながら京子が言う。

そう言った会話を押入れの中で、じ〜っと固まって聞いている聡は（九十分もこのままかよ。辛抱たまらん。どうしよう。トイレに行っとけばよかった）などと、とにかくこの時が無事に終了できるよう、物音だけは立てないよう我慢していた。千尋も、押入れを見ながらその気持ちは察して

いた。（どうやって、京子と光子を連れ出そう。何か手立てを考えないと）

　真剣なまなざしに異変を感じた二人は、

「千尋、どげんしたと？　あんた、やっぱり今日おかしか」

「ううん、何んもなかよ。ちぃとば、眠れんかったと」

「そげんこつ、何んか悩みばあるとね」

　光子の問いに京子が、

「わかった。千尋、あんたあの文理大の人んことで、悩んどるとじゃあなかね？　あ〜、そいでん眠れんとやね。またけんかでもしたとや？」

「そげんこつじゃあなか」

「じゃあ、何んね」

　そういった話はどうでも良かった千尋は、

「あっ！　今日の休講ば、千鶴ちゃん知っとうと？」

「さ〜あ、どげんやろうか」

「じゃあ、千鶴ちゃんとこば、行こう」

　千尋は催促するように立ち上がって、部屋を出るような促し方で言った。

「なして？　もうよかよ」

「何んがよかね。友達ばい、千鶴ちゃんも。なあ、行こう。教えてやらんと、後で仲間はずれにしたって言うばい」

そういったこともありうると光子も京子も思った。

「わかった。わかった。じゃあ、コーヒーば飲んだらね」

そう、せかされた二人は、コーヒーを飲み終えると千尋と部屋から出て行った。

押入れの中にいる聡は、これで帰れるという安堵の気持ちになったが、部屋を閉める音がしたことを思い出し（どうすればいいんだよ。戸締りできないよ）と押入れから出るに出られず状態でぼやいていた。階段を下りて通りに出て歩き始めた千尋が、

「あっ！　ごめん。部屋の電気ば切ったかわからんようになった。ちょっと戻ってくるから、先に行きよってくれんね」

そう言いながら、部屋に戻ろうとすると、京子が、

「なんなら一緒に戻ってもよかよ」

と、言い出した。千尋はそれを打ち消すかのように慌てて、

「よかよか。その気持ちだけでん、うれしかよ」

そう言いながら戻って行った。

鍵を開け、そして押入れを開けながら、

「聡さん、おると?」

「おる。おる」

聡は、両膝抱えて布団の上に座っていた。

「戻ってきてくれて助かったよ。これで本当に帰れるし、もう帰りたい」

千尋は、コミカルに笑いながら、

「じゃあ、一緒に下りるったい。友達には、電気を切ったかどうか心配だから、戻るって言ってきたから」

「わかった。じゃあ、下りよう」

そう言って、二人は部屋から出て、階段を下り、身振りで手を振って別れた。昨日からの出来事を真っ白にしたような寸劇的な朝の出来事であった。

十　つのる想い

キャンパスの中の木々に百舌の鳴き声がし始め、季節は色づき始めていた。高校の卒業写真に、その想いを閉じ込め、千尋を許した奈々も進学はしたが、千尋と違って鳥飼学園大学の食物栄養・管理栄養士専攻を選んで、進学していた。いくら月日が経って、千尋を許したとはいえ、聡への想いを完全には断ち切れてなく、未だにつのる想いを引きずっていた。千尋から涙の聡への想いを聞かされて千尋を許し、自分自身区切りをつけようとしたものの、そうそう寛大な心を持ち合わせるほどの芸達者で、彼女に接することはむずかしいものだった。やはり一定の距離を置かないと千尋とは話せなかったのである。高校三年の冬、石島から千尋と聡がうまくいっていないことを聞かされてはいたが、それで自分が聡に言い寄ったりすることはしなかった。それでも、心のどこかに、自分自身が動くなら今だと言い聞かせている部分ももっていた。あれから一年近く過ぎて、またしても二人が復帰したことを千尋と同じアパートにいる洋子から聞いた時、再び勇気のなさを悔いるのであった。

午前中の講義が終了して食堂で洋子と食事をしていると、今は短大の食物栄養学科にいる石島が、奈々の姿を見つけてやって来た。彼女も、女性らしくなっていた。

「奈々、久しぶり。変わりないと？」

「うん。別に」と、軽く答える奈々。

「どう？　大学は？　人数少ないけど、男の子もいるし」

「そう？　別に」

「何ーん。その言い方。何かあったと？　別に、別にって」すると横から洋子が小声で、「奈々は、未だに立ち直ってないと」

「立ち直るって？　何から？」

「さ・と・しから」

それを聞いて、石島は首をすぼめて、

「ふ〜ん、未だに聡なん。重症やね〜。そげん好いとうやったら、ちゃんと胸の内を明かせばよかったとにねー。聡さんも、奈々のことば、好きそうやったらしいし」

石島のその言葉に奈々は、我に返って石島に詰め寄った。

「石ちゃん、何ん、それ。聡は私のことば好いとったと？　それ、本当ね？　なして、そげんこつ知っとうとね？」

余計なことを言ってしまったと思った石島は、

「え？　え……まあね。奈多に行ったっちゃろう。そんとき野んちゃんが、小西さんから聞いたらしいったい」

「野んちゃんって、千尋の寮の友達の野島嘉美ちゃん？」

「そうったい」

奈々は、初めて聡の奈々に対する気持ちを知った。（なして、なして今頃……）

「なして、今頃話すっとね！」

「え〜、そげんこつ言われても……奈々はもう聡さんのこと忘れていたんじゃあなかね？」「忘れ切れんから、悩んどると」

「そうったいね」

石島と洋子は、顔を見合わせた。

「なして、今頃なん」

奈々は、さらに石島に言い寄って、

「ねぇ、なして今頃話すっとね。もっと早く、そのこと教えてくれっとってもよかやないとね。私とは、親友じゃなかったとね」

石島の両腕を掴んで話す奈々に、

「だって、野んちゃんが、絶対奈々には言わんでくれって言うっちゃけん。言えれんかったとよ」

私のせいではないという言い方をしていた。

奈々は、そこではたと気づいた。（そうなんだ。千尋と野田嘉美とは親友だった。親友？　そう、親友だから、千尋を小西さんと一緒になって押し上げていたんだ。わかった。わかった）

「わかった。わかった」

独り言のように繰り返していた。奈々の顔に、悔しさとも悲しさとも言いようのない表情が浮かび上がった。その表情を見て石島は、

「わ、私、天ぷらうどんを頼もっかな～」

もはや、この場にいられないと察して、場違いを装ったふりして、食券を買いに自販機へと行った。こっちに振られそうな洋子は、どう切り出してよいか途方にくれてはいたが、今は何を言っても、無駄だとも思った。

当然ながら、午後からの講義の内容は全く耳に入っていない奈々だった。（やっぱり、あの時、あの帰りのバスで話しかけてたら、それができなくても手紙を出していたら……ああ、いつも私はこうなんだ）悔いる想いは、その晩も続き、眠れぬまま朝を迎えていた。

翌日、学校の校門で洋子は奈々の姿を見かけた。

「奈々、おはよう」

「おはよう」

一応返事は返すものの、暗い返事だった。無理はないなと洋子は思いつつ、掲示板で今日の休講があるか確認してみると、食品学総論が休講となっていた。

「奈々、一時限目休講になっとう」

「本当？　じゃあ、九十分空いちゃうね」

　自宅通学の奈々に、

「私のとこ来る？」

　朝一番から学内で時間をつぶすのもどうかと思い、誘ってみると、

「うん」

と、元気なく奈々は言って、洋子のアパートに行くことにした。

　洋子が入れたコーヒーを飲みながら、ファッション雑誌を見ながら時間をつぶしていた。廊下を隔てた向かいが千尋のいる部屋だ。高校を卒業してから千尋とはまともに話をしていなかった。もっとも短大と大学とのキャンパスが離れているから当然であったが、学食では時々姿を見かけていた。しかし、あえて自分から近寄って、近況を聞くほどの親しみは既に持ち合わせていなかった。

　昨日の後遺症が残る奈々に、聡の話はタブーだと決め込んだ洋子だが、さてさて奈々の気持ちを切り返す他の話題をどうするかと思案していると、千尋の部屋からかすかだが話し声が聞こえた。洋子は（千尋のところに男がいる）と思い、すかさずテレビのボリュームを上げた。奈々も（こ、これは聡の声だ）と感じ、「洋子、ボリュームば、下げちゃらんね」そう言って、ドアの向かい側に神経を集中させた。洋子はまるで自分自身のことみたいに、（どうしよう）と思いながら、ボリュームを下げる。まさにそれは驚きでもあり、朝に聡の声を聞くこと自体ショックだった。

（聡が千尋のところにいる。それも朝に。えっ！　泊まったってこと？）そう思うだけで、身体が動かなかった。千尋の部屋のドアを開ければ聡に会えるとも思ったが、それはできなかった。逢い

たい気持ち以上に、聡が千尋の部屋に、それもこの朝にいることの方がショックだった。立ち直れないとさえ思った。洋子は洋子で、異常な行動を奈々がとるんじゃあないかと心配したが、扉の下にうずくまって固まってしまった奈々を見て、安堵しながらも、ただただ見守るだけで、何もしてあげられないもどかしさが辛かった。

そんなこととは知らず、聡は千尋と一晩中話し込んで疲れていたが、身支度をして部屋を後にした。奈々が真向かいに居るとも知らないで。

奈々は、しばらく黙り込んでいたが、

「もう、考えても仕方なかけん、もうよか。もう……」

と、自分に言い聞かせるように言った。まさに、今すぐにでも階段を下りて行けば聡に会える距離なのに、行動に出す勇気がどうしても出なかった。千尋と共に涙して、区切りをつけた思いが甦り、その思いを裏切るなら、千尋を悲しませることになると考えてしまうからだった。石島の話で、野島嘉美と小西との策略が仮にあったとしても、千尋自身、それに加担したとは思えなかった。あの時の千尋の心の内を聞いたあれが嘘の演技だったなんて到底思えなかった。まして、不器用な千尋を見れば、真剣にぶつかっていたと思った。

洋子は時計を見ながら、二時限目の授業に奈々を誘ってみる。が、全く動かないで、「一人にして」とだけ呟く奈々に、洋子は仕方なく彼女を部屋に残して、学校に向かった。

(私って、お人よしでバカだよね)奈々はそう独り言を言いながら、少し笑った。そして、無意識にザ・リガニーズの「海は恋してる」を口ずさんでいるのに、はたと気づいた。悲しい思いが沸き起こる。そしてバックから手帳を取り出し、学生証にしのばせている写真を眺めていた。それは、唯一奈々が持っている、奈多でギターを弾く聡の写真であった。それは涙を流す奈々の気持ちも知らないで、やさしく微笑みかけていた。

十一　誘惑

聡は、千尋と離れているからこそ沸き起こる二人の距離感を縮めるべく、彼女の近くに引っ越しをすることに決めた。

「またどうして、文理大のあんたが西区に移り住むと？」

そう怪訝そうに銭湯の大家が尋ねた。

「今まで、従兄弟と六本松に住んでいたのですが、今度、従兄弟が結婚するにあたり、どうせなら住み慣れた西区にこのまま住もうかなと思いまして」

大家としては断る理由もないので、入居の手続き用紙を聡に渡した。家賃一万二千円である。トイレ、キッチンと六畳一間。風呂は当然、通路を挟んだ向かいの銭湯である。北向きなのが難点だったが、千尋のアパートとは、同じ通りに面しているから、どんなロケーションであろうとも問題じゃあなかった。

久山町に住む聡の友人の鮎本が軽トラックで荷物を運んでくれたお陰で、難なく引っ越しも完了した。

「セブンスター一カートンと昼飯で本当に良いのか?」

「よかくさ。お金をもらっちゃ、おしまいたい」

鮎本とは同じ科であったが、一年の終わりに挙行された測量合宿で同じ班であったのをきっかけに親交を深めていた。

「今晩は引っ越し祝いをするから、鮎本も付き合えよ」

「ああ、そりゃあよかばってん、他に誰が来ると?」

「隆夫に田中にヒデキが来るよ。あっ、それと千尋も」

「だよな。彼女が来なくちゃね」

「何、言ってんの」

「まあまあ、じゃあご馳走に預かりますか」

そう言いながら、玄関前でしゃべっていると、隆夫と田中、ヒデキの三人がやって来た。「ウオッス」

「おう」

「お待たせ」

手には、一升瓶を提げていた。

「わざわざ、酒買って来てくれたんだ。悪いね」

「何ば言いよると。白波ったい」

「ああ、芋ね」

（ああ、日本酒が良かったのに）とは、言えない聡だった。

そんなこんなで話していると、千尋が美和と歩いて来た。

「こんにちは」

一同、

「誰？　誰ね？」

と言いながら、軽く会釈をしている。千尋が、

「オードブルを買っていたら、美和と会ってね、話したら一緒に来たいって……」

嫌とも言えずに、困惑した顔つきであったが、男連中は皆、

「よかよか、多いほうが楽しかもん」

等とはしゃいでいる。聡は、そういう千尋の気持ちもわかっていたが、成り行き上仕方ないと思い、

「まあ、引っ越し祝いだしね」

断られるとは、全く思っていない美和は、

「そう。じゃあ、お邪魔しま～す」

と、既にその気になっていた。聡は千尋と目配せをして、同じ思いだというしぐさをみせた。

六畳一間に男五人、女二人の七人、コタツの狭さが際立つ。さらにテーブルをおにぎり、オードブルと芋焼酎とポットが占領する。決して、華やかではないが、楽しい宴となった。お酒のせいでもないが、自分のタイプがどうのこうのという話で、

「なら俺、美和ちゃんがタイプ」

等と、男連中が美和を持ち上げる。

「じゃあ、どんどん飲んで」

と、持ち上げた矢先、田中が気分が悪いと言い出した。しばらく、横になっていたが、「ト、トイレ」と言ったか言わないかのうちに、畳にもどしてしまった。「あ〜あ、やってしまった」と、皆見ていたが、千尋が素早く流しでタオルを濡らして、田中の口元を拭い、畳に吐いたものを片付けた。聡はそれを見て、感心すると同時に千尋という女性がひょっとしたら、人生を共に歩いて行く相手になるかもしれないと感じた。

田中の泥酔にもよるが、早九時を回っていたので、このあたりでお開きにしようとすると、美和も酔いが回っているのか、片隅で寝込んでしまっていた。千尋も、「美和、美和」と、呼びかける。返事はするけど、起きようとしない。

「どうしよう」

「近いから、俺が送っていくよ」

聡は、そう言って美和の腕を回して抱え、歩かせようとした。

「私も行くよ」

千尋も美和を支えようとして、腕を持ちかけたが、美和は、しゃんとしない。聡が、

「いいよ。俺が後で連れて行くから。それより、片付けしててよ」

と言いながら、美和をそのままにして、ドアを開けた。

「大丈夫？」

心配そうに千尋が言う。

「平気さ」

「そうゆう意味じゃなくて……」

「心配すんなよ、そうゆう意味も含めて大丈夫だ」

聡は、千尋の思っていることもわかっていた。

美和を部屋に残して、全員表に出た。鮎本の軽トラにみんなを乗せられないのが残念だったが、気をつけてと言いながら、隆夫とヒデキに代わる代わる介抱されながら、田中も帰って行った。

みんなを見送った後、千尋に後片付けを頼んで美和を連れ出した。

「美和さん、大丈夫？」

そう、言いながら美和を抱えて、夜道を歩きだした。

角を曲がると、夜風が顔をなでる。ほのかに美和の甘い匂いが、聡の鼻をくすぐった。美和は、

「ごめんなさい」

と、寝ぼけたような声で言っている。

「そんなことは、いいさ」

と、聡は美和を抱え直して、さらに歩く。美和のアパートの玄関から、階段を上がって部屋のカギを美和に聞く。

「美和さん、着いたよ。カギは？」

「カギ？　ああ、カギね」

バックからカギを取り出して、

「ごめんなさい。目が回って、気持ち悪い」

「おいおい、ちょっと待ってよ」

聡は、慌てて美和からカギを取ると、部屋のドアを開けた。なだれ込むように部屋に入ると、「大丈夫？」と、心配そうに顔を覗いた。

廊下のほのかな灯りが部屋の中をうっすらと照らし、美和の姿も映し出していた。乱れたロングの髪、豊かな胸元、ミニからのぞく脚、聡の目に嫌でも入って来る。思わず唾を飲み込む。しかし、大きくかぶりを振って、

「じゃあ、帰るからね」

そう言ってドアのノブに手を掛けた時、美和が、

「さとし」

と、呼び捨てにした。聡は、いままでの様子と違う美和を振り向いて見た。

「えっ！　何？」

様子を確かめるように返事をすると、上体を起こして、

「酔ってると思ってた？」

美和が返事をする。

「えっ？　大丈夫なの？　飲みすぎていたんじゃあないの？」

乱れた髪を手くしで整えながら、

「ううん。飲んだとよ。ばってん、飲みすぎるほどじゃあなかよ」

「なんだ。じゃあ、これはなんなんだ。芝居かよ」

「そう思う？　そこまでする私に見えると？」

そう言いながら美和は座り直した。端正な顔立ちが、ほのかな灯りで余計際立って見える。

「そう思わせるような態度だろ。違うなら、どうしてこんなことするんだい」

一時は、美和に引き込まれそうになっていたが、今は違う感情が聡の中に膨らみ始めた。

「こうでもしないと、聡と二人っきりにはなれんとよ。聡は、私のような女が合っとると。聡は、千尋には向いとらんとよ。私なら、聡をもっと変わらせることができると」

お酒など一滴も飲んでないような話しかたで、聡に言い寄っていく。

「勝手に、勝手に言われても困る」

聡は、美和の言い寄る姿に完全に跳ね返すほどの平常心じゃあないことを、自分自身感じていた。

「うちが嫌いね？」

「そういうことじゃあないだろう」

美和の直球勝負に聡は完全に打ちのめされていた。

「じゃあ、好いとぅね？」

「だから、美和さんとは、そうゆう感情じゃあないよ」

もう、これが限界だった。聡は、自制できそうでない自分が怖かった。

「じゃあ、もう少しここに居て」

美和は、そう言いながら、部屋に上がるよう聡を促した。部屋の入り口に座って、聡を見上げる美和の懇願する顔と豊かな胸の谷間が聡を惑わす。

「わ、わかった。じゃあ少しだけ」

俺の心に美和が入って来ていると、自分でそう感じる聡だった。

部屋の明かりがついて、美和のちょっと派手目の室内が映し出された。併せて美和と同じ匂いが辺りに漂っていた。

「聡は、やさしかね。うれしい。お湯を沸かすから、それまでソファーに座ってて」

呆然と立ったままの聡を、そう促す。言われるまま聡は、ソファーに座って（俺は、何を期待してるんだ。いいのか。いいのか）と、自問自答している。すると、美和も聡の鼓動が伝わるくらいにピッタリと寄り添って横に座った。美和の瞳は、心寂しいと言っているように見え、聡を美和の唇へと誘っている。聡は、動揺と迷いで必死になっている。しかし、千尋の顔が頭にちらつき、いつのまにか手は握りこぶしになっていた。そして、すっと立ち上がり、力を込めて言い切った。

「ごめん。俺には千尋しか見えてないんだ。ごめん」

そう言うのが精一杯だった。美和の「バカ」と言う声を背後に聞きながらドアを閉めて、美和の容姿を振り払うように、階段を下りて駆けてアパートまで帰った。

息を切らして部屋に入ってきた聡を見て、

「どうしたと？　息切らして」

ちょっぴり、心配顔の千尋だったが、

「ううん。美和さん、気持ち悪いって言うから、ちょっと時間かかっちゃって」

そう言いながら、あまりくどくど言う話じゃあないと、聡は話を変えた。

「今日はありがとうね。みんな楽しそうだったし」

「そうね。ヒデキさんも、奈々のこと吹っ切れた感じやったし」

聡の前で、奈々の名前を出すのも躊躇したが、今の千尋には奈々のことよりも、美和の存在が気になっていた。洗い物を済ませて台所に立っている千尋を、聡は千尋の不安そうな心を察していたからではないが、「心配いらないよ」そう言いながら、後ろから抱きしめた。千尋は「うん」と答え、

「じゃあ、帰るね」と言いつつも、まだ聡と一緒にいたいと思っていた。そんな気持ちは聡も同じであったが、不純な気持ちで一杯の聡は、今日は引き止めてはいけないと決め込み、

「風呂に行こう」

と、互いの思いを断ち切らせるように言った。

「そうったいね。じゃあ、また」

千尋も、そんな聡に感付いたのか、不安めいた気持ちを抱いたまま部屋を後にした。

十二　嫉妬心

冬休みとなり、聡も久しぶりに板橋の実家に帰っていた。毎年正月二日目は、母校小豆沢高校同窓会の新年互例会があった。聡も大人の仲間入りとなったことでもあるし、同窓会に出席するほどの同級生が来ることも少ないと思いながら、それでも友人が来ていることを願って、出かけて行った。

聡の実家近くは、志村第四小や志村二中などの学校があるが、休み中はひっそりと静まりかえっていた。小豆沢住宅のバス停から、国際興業のバスで赤羽駅西口の終点で降りて、隣接するホテルのロビーで受付をしていると、背後から声がかかった。

「聡君？　あっ！　やっぱり聡君だ」

振り向くと同じクラスだった恵子が他の友人たちと来ていた。

「いやー久しぶり。と言うより、『明けましておめでとうございます』だね」

「こちらこそ、おめでとうございます。何、恵子も来たんだ」

何も振袖を着てくることもないのにと聡は思った。

「去年も来たんだけど、さすがにお酒が飲める歳になると、今年は人数が増えてるみたいよ」

「やっぱりな。俺みたいな奴が来るんだよ」

「ところでさ。聡君は今九州にいるんでしょ？」

「ああ、福岡にね」

「あのね、今度職場の友人と九州へ旅行に行こうと思ってるの」

「そりゃあいいんじゃない」

「でね、なにしろ九州は、初めてだから、聡君、私たちが行ったら、福岡を案内してくれないかな」

「そりゃあ構わないけど、いつ来るの？」

「予定としては、二月の連休を利用して行こうと思ってるの」

「わかった。じゃあ、予定開けておくから、詳細はまたハガキでも出しといてよ。俺んとこアパートだから電話ないし」

「ええ、そうするわ。ああ、助かった。これで福岡については、楽しめるってことね」

「そりゃあどうだか。俺、学生だから」

「いいのよ。観光地めぐりでないほうが良いし」

恵子は、地元の信用金庫に勤めていた。「じゃあ、また会場で」聡に、九州での案内を取り付けた後は、そそくさと、受付を済ませ、エレベーターで上がっていった。

聡も、三階の互例会の会場へと上がっていくと、担任だった赤松や進路指導の浦上、校長の後藤などの顔も見えた。同級生はクラス会と違って、そんなに多くは来てなく、いささかもてあまし気味となっていた。恵子は地元の金融機関にいるためか、せっせとお酌をしながら挨拶回りをしている。各々新年の挨拶をする中、聡はＯＢとの会話もそこそこに、苦手意識が働いてそそくさと出てしまった。学生の俺にはまだまだ来るとこじゃあないなと感じながら、時間つぶしに駅前西口のパチンコ店に入って行った。

辺りがうっすらと暗くなる夕暮れ、聡は寒そうに身をかがめて、パチンコ店から出てきた。（何が、新年開放大放出だよ）そう思いながら、けちょんけちょんに負けて、夕方自宅に帰ると、母親が夕食の用意をしていた。父親もいくら零細企業とはいえ、正月三が日くらいは、休みをとったのか、既にコタツに入って一人で晩酌をしていた。

「おお、帰ったか。どうだ、お前も一杯」

そう言って父親が杯を差し出した。

「ああ」

聡も、コタツに足を入れて、杯を受けて一杯飲んだ。

「お前も今年は三年だ。ぼちぼち卒業後の進路を決めにかからなくちゃなあ」

「ああ」

「どうだ、こっちに帰って来るんだろう」

「ああ」

「まあな、父さんたちの仕事はもう、この時代には通用しないかもしれないが、やりようによっては、まだまだ伸びるぞ」

「何？　それって後を継げってこと？」

「そうは、言ってないだろう。この業種も転換期だから考えようによったら」

「もう、いいよ」

「何が？」

「その話は、もういいよ」

「何が良いんだ。大事なことだから、お前に話しているんだろう」

「継げって言うんだろう」

「そうじゃあ、ないだろう」

「そういうように聞こえるんだよ」

「新たなことも考えたらどうかと言ってるんだよ」

「同じ意味だろ。もう話すなよ！」

「なんだ！　その口は！　お前の将来のことも話をして、聞いておかなきゃあならないだろう。それによっては家業も父さんの代で仕切り直しもいるだろう」

「だから、いいよ、もう」

「いいわけないだろう。父さんも母さんも、朝早くから夜遅くまで、働いてんだ。そうやって三人の子供を学校に行かせたんだ。いくらも儲からないかもしれないけど、一生懸命やって来たんだ。今後のことも考えなきゃと思うけど、せめてお前を卒業させるまではとな。それをなんだ！　もういいとはなんだ！」

台所から母親が、

「聡！　父さんに謝りな。久しぶりにお前が帰ってくるって、父さん楽しみにしてたんだから」

「うるさい！　余計なこと言うな！」

父親は、そう怒鳴りつけ、黙々と杯を口に運んだ。聡は、両親の気持ちは十分理解はしていたが、素直には受け止めて聞くことができずにいた。そして、また飛び出して行った。母親は台所で、息子の好きなエビフライを揚げながら、涙を拭っていた。夫婦の沈黙が続く中、テレビの隠し芸大会のにぎやかな音声だけが響いていた。

その日の晩、聡は日付が変わって帰宅した。三が日が過ぎ、平日の朝に聡は九州に戻っていった。

家を出る間際に、仕事場にいた父親の後ろ姿に、

「親父、行くから」

と言うのがやっとだった。父親は、何も言わず仕事をしていた。母親には、

「お袋、あまり無理しないよう、親父に言っといてよ」

「だったら、お前がその口から言いなよ」

「まあね。今度にしてよ」

「バカだね、お前は。父さんと一緒だよ」

「そりゃあ、親父の子だからね」

「じゃあ」

「ああ、お前もしっかりやるんだよ。風邪ひかないようにね」

「ああ。母さん……」

「なんだい？」

「ごめん」

母親は、仕方ないねという顔つきで、

「もういいから」

そう言葉を交わしながら、聡は家を後にした。母親は、息子が角を曲がって見えなくなるまで見

送っていた。

福岡に帰ってきたものの、千尋とは昨年のクリスマス以降帰省しているので、会っていない。戻って来ているなら、こっちに寄って来るはずであったが、その気配がない。帰ってきたばかりだし、そうそう自炊も面倒だし、日替わり定食でもと、近くの定食屋を覗いてみた。

「げっ、まだ正月休みかよ」

人の気も知らないでなどと独り言を言いながら、自宅のアパートまで歩いていたら、後ろから呼び止める声がした。

「聡」

振り向くと美和が駆けて来た。

「後ろ姿が聡じゃあないかな～と思うたばってん、やっぱりそうやった。おめでとう。今年もよろしくね」

「ああ、おめでとう」

聡の心臓の鼓動が高鳴る。(正月早々、どうしよう)そんなことが聡の頭をよぎった。

「何～ん、その挨拶、愛想なかね～」

「俺は、いつもこうだよ」

「うっそぉ～。そやなかろう？　この前のこと気にしとるとやなかかね？　気にせんでよかよ。うちは何んも思うとらんとよ。それより、何んしとると？」

（やっぱり、美人だ）「う、ぅん。ああ、晩飯でもと思って定食屋に行ったんだけど、まだ正月休みだった。その帰りだよ」

「そう。うちね、これから晩御飯作るとよ。なんならご馳走しようか？」

相変わらずの積極姿勢を見せる美和である。

聡は、あの時の光景が頭をよぎっていた。（いかん、いかん）自分を戒めるように頭を振る。

「ありがとう。でもいいよ、買い置きの物もあるし」

「買い置きって、ラーメンみたいなもんと違うと？」

「何でもいいじゃん」

「そげん、肩肘ばはらんと。じゃあ、こうしようよ。この前、部屋まで送ってくれたお礼に、晩御飯ご馳走するってのは？」

美和の誘いに（もっともな話だ）と聡は思いつつも返事にためらった。

「は〜ん。千尋ば気にしとるとね。意外と聡は肝ば小さかとやね〜。それに私の唇ば、奪おうとしたっちゃろうもん」

「そ、それは美和さんが……いや、とにかく千尋がどうのこうのは関係ないだろう。変なふうに持ち出すなよ」

聡は当たっているだけに、打ち消すように声を荒立てて言った。

「なら、よかね？」

聡の顔を覗き込むように美和が言った。まるでキスをせがむように、聡に迫っているように思えた。

（やっぱり、可愛い）「よ、よかよ」

聡もその勢いで、そう答えてしまった。

「素直に言えばいいとにねぇ〜」

可愛い笑顔を見せて美和が言った。

美和と並んで、それでも時々後ろを振り返りながら、そのまま部屋に行くと、美和はその威圧するようなしぐさから一変して実に愛らしいしぐさに変わる。

「聡、できるまでソファーにかけて、テレビでも見てて」

そう言いながら、美和はエプロンをして台所に立った。

太めの編み方をした大きめのバルキーセーターをざっくりと着て、真っ赤なタイトの超ミニスカートを履く美和の後ろ姿に、聡は（この子は、なんか小悪魔みたいな……なんなんだろう）表現しにくい子には違いなかったが、嫌な感じではなかった。いや、むしろ引き込まれるのが怖い気がしていた。

手際よく料理を調理して、テーブルに置いていく。ご飯に味噌汁、それにメインの八宝菜が加わった。

「おまちどうさま」

そう言って、エプロンを外しながら美和が椅子に掛けた。ミニから白い太ももが否が応でも聡を刺激する。

「すごいね。美和さんは見かけによらず、料理ができるんだ。あっ、ごめん。失礼な言い方して」

「うふふ。よかよ。いつもそう見られるったい」

「本当にごめん。意外だったから」

本当に申し訳なさそうに聡が言った。

「じゃあ、その失礼な言い方ば、許しちゃるばってん、うちの言うこと聞くとね？」

美和が身を乗り出して言う。

「えっ！　な、なに」

「今晩、一緒におってくれん？」

「ええー、いや、そんな！」

聡は、返事に困ってしまった。（美和の誘惑に負けそう。でも千尋から帰ってくる連絡もないし）

「アハハハ。冗談ったい。でも、気持ちは本気ばい」

そう言いながら聡を真剣な眼差しで見つめた。動揺している聡を許すように、

「聡って、可愛いか。まっ、冷めないうちにどうぞ」

「冗談きついよ、美和さんは。じゃあ、頂きます」

二人は、テーブルに向き合って食べ始めた。

「うまい！」

「そう。ならよかった」

美和の笑顔がまぶしい。食が進む聡を見ながら、

「聡？　一つお願いがあるったいね」

そう美和が聡を見ながら話しかけた。

「何？」

「その美和さんって言うの止めてくれん？」

「えっ、じゃあ、相田さん……かな？」

どう呼べばいいかは既に聡も感付いていたが、自分からは言えないでいた。

「ばか！　そうじゃあなかよ。美和って呼んでくれん？」

「うん、えっ！　でも」

「でも？」

「彼女でもないのに、呼び捨てにはね……」

「彼女にすれば」

聡はそう言われ、言葉に詰まると同時に、積極的にアタックしてくる美和に対して、心は落城寸前であった。

「うん、いや君のことは、まだよくわかんないし、俺には千尋がいるし」

「そんなこと前から知っとうとよ」

「なら、もうこの話はなしにしようよ。まして、君ならいくらでも男の子から声を掛けられるだろし、選べるじゃない」

「それくらいわかっとう。つまらん男ば、言い寄って来るっとはね。でも聡は違うと。ピンと来たとよ。心に嘘を持ちきらん男たい。だから、うちは聡に賭けようと思ったとよ。確かに、皆んなは、ひとの彼氏にちょっかいを出しとうって思うとるかもしれないけど、うちも真剣になることはあるったい」

この前の美和の瞳は艶やかだったが、今日の美和の瞳は、とても澄んで見えた。本当は千尋が言うほどの評価ではないのかも知れない。でも聡は、やっぱり来るんじゃあなかったと後悔しながら、どうにかこの場から早く立ち去ることを考え始めた。このままだと、本当に千尋を裏切ることになるかもしれないと。あれほど「うまい」と思った食事が、なかなか喉を通りにくくなっていく雰囲気であった。意を決して聡が、

「美和さん、気持ちは本当にうれしい。美和さんと会う機会を重ねて行けば、多分俺は、美和さんを好きになっていくかも知れない。いや、多分そうなると思う。現に、こうやっていると、胸に熱いものがこみ上げてくるもの。けど、やはり駄目だよ。今の俺には、千尋が大切な彼女だと思うし、仮に君と付き合うようになっても、そんなにもてる君に対して、多分俺は男のくせに嫉妬してしまうよ。うまく行きっこないさ。今日は、ありがとうね。ごめんね、ちょっと残しちゃったけど」

そう言って、聡は席を立った。美和は、黙ったまま下を向いていた。心配になった聡が声をかけると、涙目になった美和が、

「もう、よか。ようわかった。でも、うち諦めんよ。いつかうちんとこに、聡は来るとよ、きっと」

聡は、その情熱がどこから来るのか、すごいの言葉しか思いつかなかった。「ご馳走様」とだけ、言い終えて部屋を出た。

またしても、強烈な印象を刻み込まれた心を引きずってアパートまで戻ってみると、部屋の灯りが点っていた。（あっ！　しまった）と、とっさにそう思った。千尋が来ている。その時点で、完全に心が動揺していた。気を静めようと、ドアノブに手を掛ける前に深呼吸をして、穏やかな装いをつくろってドアを開けた。

「おう。来てたの？」

千尋は、何も言わずにコタツに座っていた。コタツの上には、夕食の支度が整っていた。（あ～どうしよう。今さら食事して来たとは、言えないし）とにかく、部屋に入り、千尋の向かいに座った。

「今年、初めてだよな。おめでとう。今年もよろしくね」

ここで、初めて千尋が口を開いた。

「どこ、行っとったと？」

「どこって。食事しに……近くの定食屋にね……自炊も面倒だし……」

「そこの定食屋は、正月休みじゃあなかね」

「えっ！　そ、そうだったたから、他のとこにね……」

「食べて来たとね」

「うん、ああ、ちょっとね」

そう聞くやいなや、千尋はコタツの上に用意した夕食を、台所に持って行って、全部流し場に捨ててしまった。それを見た聡は、

「お、お前、なんてことを。もったいないだろう！」

するとと千尋は振り向きざまに、

「何がもったいないとね！　私が作ったもんをどげんしようと、私の勝手やろ！」

「何、怒ってんだよ。正月早々」

その言葉に千尋も、

「怒らせるようなことをしとるとは、聡じゃあなかね！」

「俺が何したというんだ。えっ！　言ってみろよ！」

「よう、そげんこつ、言えるっちゃっねー。なら、言うばい。なして美和んとこ行ったとね。私が知らんとでも思ったと？」

「美、美和さんのとこ行ったって？　ど、どうして、わ、わかる」

まさに的中している千尋の言葉に、既に壊滅状態の聡は、冷静さを完全に失っていた。心が動揺し、まさに暴かれようとする寸前であった。

「私ね、美和とこの部屋とは、窓越しに見えるったい。いくら冬とはいえ、台所で支度しよったら、少し窓ば開けるとよ。換気のためにね。私が、帰って来て着替えばしよったら、聞きなれた声が美和の部屋から聞こえて来たと。で、少し窓を開けて見たら、もう、もう信じられんたい。なしてなん？　なして美和んとこに行ったと？　前に言ったこと、あれ嘘やったと？」

泣きながら必死に訴えかける千尋を見て、聡は（もう駄目だ。言い訳になるだろうな）そんな思いをしつつ話しかけた。

「千尋、まあとにかく聞いてくれ」

そう言って聡は、千尋の心を静めようと、肩に手をやろうとしたとたん、

「触らんで！　何んね！」

鋭い眼光を聡に向けた。まるで裏切り行為を絶対に許さないように。

「あのね。千尋が言うように、確かに美和さんとこに行って、食事をよばれた」

そう言った矢先、案の定と言わんばかりに千尋の目から涙が溢れた。

「あれほど、あれほど言うたとにねー」

そう言いながら、その場にへたり込んでしまった。

「だけどね、本意じゃあなくって、いや俺の気持ちが。で、この前の送ってくれたお礼に、お返しのつもりだと言われたら、仕方ないだろう」

「そげんこつ、そげんこつ、断ればよかやない！」

「わかってるけど、断れなかったんだ。そこまで言われたら」

「それは、その気があったからったい」

後ろ向きに顔を伏せたまま言った千尋に、まさしく見抜かれている聡は、もはや正直に話すしかなかった。また、そのほうがかえって心を落ち着けて話すことができそうだった。

「千尋が言うように、その気をおこしそうになったよ。どうゆう子か、まだ性格もわからないけど、千尋が言うほど素行が悪いとも思えないし、どうこう言えないけど、容姿も良いし、料理も上……いや、ともかく、俺はちゃんと言ったんだよ。千尋を大切に思ってるって」

すると千尋は聡に顔を向き直して、

「やっぱり、その気になったとね。私は、美和よりもブスだし、料理も下手やけん、美和んとこ行けばよか！」

さすがの聡も、今の千尋の言葉にムッ！　と来て、思わず千尋に駆け寄って、左頬を叩いた。

「バシッ！」

部屋中に響き渡ると同時に、千尋の身体が吹っ飛んで壁に当たった。

「ウッ！」

という声と共に千尋は蹲ってしまった。聡は声を荒立てて、

「いい加減にしろよな！　話をちゃんと聞け！　千尋が大切だから、『ごめん』と言って、食事も途中で止めて帰って来たんだ。お前がいるから、お前だけだから……」

そう言いながら、千尋が全く動かないことにはたと気づき、一瞬のうちにその怒りは、千尋を心配するいつもの聡に戻って、千尋に声を掛けた。

「ちひろ？　ちひろ？　おい、大丈夫か？」

聡が抱きかかえてみると、左頬から左目あたりを押さえつつ、

「痛い……」

と、うめいている。心配になった聡が、

「おい、ちょっと見せてみな」

と言いながら、左目あたりを見ると、目やにが異常に出て、

「目が、目が」と、千尋が言う。

「何？　目がどうかしたのか？」

「目が、見えない」

「えー本当か？」

慌てた聡は、急いで台所の洗い場に連れて行き、目を洗わせた。そして、濡れたタオルを当てて、とにかく冷やしてみた。

いつのまにか、二人の心にあった怒りや嫉妬心もおさまり、聡は千尋に寄り添いながら看病にあたった。そして千尋の顔を見ながら（つまらないことでケンカして、まだまだお互い、信じきれてないんだろうな）そんな気持ちになっていた。

千尋の目は、翌日眼科を受診して異常はなかったが、左頬と左目のあたりには、青あざができていた。あざは、しばらくの間消えずにいたが、千尋はファンデーションで隠しながら冬休み明けの授業に出て行った。その顔には、もはや嫉妬心もなく、かえって聡からぶたれた青あざを、友人から聞かれることがうれしそうにも見えた。

一月も終わりかけの日、聡が学校からアパートに戻ってみると恵子からハガキが来ていた。二月の八日から十一日の四日間、来る予定にしていた九州旅行が、決算前で忙しさが増すため、今回は中止にしたという内容だった。（そうなんだ。まあ、仕方ないな）そう言いながら、聡はカレンダーに記入していた「恵子来福」をマジックで消した。

十三　「二番目」

新学期前の時期は、まことに駆け足で過ぎて行く。聡は三年に進級できそうで、千尋も短大の二年生になれそうであり、幼稚園への就職活動の年でもあった。幼稚園教師には欠かせないピアノであるが、千尋はイマイチ苦手で、なかなか実演でも苦労をしていた。そんな中、三日ぶりに聡のアパートにやって来た。

「聡、いると？」

ノックをしつつ、中から開く前に、合鍵で開けてしまった。

「おう」

と、聡は返事をするも、横になったままでいた。

「どうしたと？」

千尋は、普段の様子と違う聡の異変に心配そうに顔を覗きこんだ。

「腰が……腰が痛い」

そう言いながら、うつ伏せになったままでいた。

「何んしたと？　腰ば痛めたとね？」

「昨日、体育の授業で、バーベルを持ったんだよ。どれくらいまで揚げることができるか試していたら、突然腰に激痛が走って。その時はそれで済んだんだけど、今日の朝起きようとしたら、痛くて起きられない。もう、情けないやら、痛いやらで」

と、あまりの痛さに顔をしかめながら聡は答えた。

「病院ば行っとらんと？」

「うん、まだ」

「じゃあ、行ったほうがよかよ」

「トイレに行くにも、ままならないのに、歩いて行けないよ」

本当に痛そうである。千尋は、

「うちが支えるばってん、はよう診てもらわんね」

「いいよ。そんな格好の悪い……」

「そんなこと、言ってる場合ね。なんかあったらどげんすっとね」

「ああ」

格好をどうのこうの言ってる場合じゃあないことは、聡にもわかっていた。とりあえず千尋は、何も食べていない聡に、食事を与え、身支度も手伝って、別府二丁目のバス停まで、ついて行った。

「一緒に行かんでもよか？」

「ああ、大丈夫だから。それより千尋はピアノの練習をやらないと」

「ううん。それより聡の身体の方が心配やけん」

「ありがとう。でも本当に大丈夫だから」

「そう？……うん」

バスが来て、どうにかステップに足を乗せて、聡は乗り込んだ。心配そうに見ている千尋の姿が小さくなっていく。

　整形外科の病院は別府大橋を渡った先にある。待合で呼ばれるまで椅子に座っていた聡は、ふと思い出していた。（そういえば千尋が俺に対して、気を遣わなくなったたな。方言混じりで話をしている。きっと、殴ったあの頃からかな）

　実際、そうであった。千尋は、聡を信じていた。私だけを見ていてくれていると確信したかった。だから、普段は決して口にしない「聡の方が心配やけん」などと言ったのは自信をつけてきた証拠である。

　診察の結果、「急性腰痛症」つまり「ぎっくり腰」と診断され、しばらくは安静にとシップ療法で様子見となった。アパートに普段の倍の時間を掛けて戻って来た聡は、ドアを開けると、千尋が来ているのがわかった。

「千尋、いるの？」

「うん、お帰り。どげんやった？」

　心配そうに千尋が聞く。

「ああ、ぎっくり腰」

　そう言いながら、直立姿勢で正面を向いたまま、靴を脱いで部屋に入った。

「どうしたと？　なんか動きが変やね」

「下を向くと、背中に激痛が走るから、向けないんだよ」

　そう話す聡に、駆け寄って歩行の介添えをする千尋。

「ありがとう」

「ううん」

二人はそのまま、抱き合った。

何を思ったのか聡がこう言い出した。

「俺って、いつも二番目なんだ」

「えっ？　何が？」

聡の胸に顔をつけたまま千尋が尋ねた。

「俺って、小さい時から、一番欲しい物には手が届かず、いつも二番目だったんだ」

「二番目？」

「そう、二番目。野球のグローブにしろ、自転車にしろおまけに大学まで二番目みたいなもんだ。お笑いだよな」

千尋には、まだ理解できていなかった。

「どうして、そんな話をすると？」

「どうしてって、なんか、こう三年に進級できそうなものの、こんな時に、ぎっくり腰になっちゃって。ふとまた二番目的発想がよぎっちゃった」

千尋は、ここで胸に秘めていた思いをふと漏らした。

「じゃあ……じゃあ、うちも二番目ね？」

「ん？　二番目？」

聡は、一瞬本当に意味がわからなかったが、すぐ千尋の心が読めた。そしてそれを悟られぬように、

「お前が初めての一番だよ」

そう言いながら、千尋の秘めている気持ちを抹消させる気持ちで抱きしめた。千尋も、いやなことを言ったことをリセットするためにも、聡の気持ちに答えた。

「あたたた」

千尋が聡の背中に廻した手に、

「これじゃあ、抱き合うこともできないね」

と、苦笑いしながら聡が言った。

「じゃあ、しばらくは、おあずけだね」

千尋がそう恥ずかしそうに答えた。

さすがに何もできない聡に、夕食の支度と後片付けをして自分のアパートに帰りかけると、

「今日は、もうちょっと居てくれよ」

と、聡が声を掛けた。

本当は居たかったが、

「いても、安静第一でしょ？」

そう、意地悪に答えて、

「じゃあ、また明日ね。おやすみ。そしてお大事に」

と、徐々にドアを閉めていった。

腰のシップが心地良かったが、大の大人の身動きを止めてしまうほどの病気が、疎ましかった。「何もできないな」そう呟きながら聡は、オーディオのチューナーのスイッチを入れた。ちょうどシグナルの「二十歳のめぐり逢い」が流れていた。

(千尋も二十歳だ)そう思いながら、千尋との関係も真剣に考える時期かとも思った。いずれにしても東京に戻ることには変わりはなかった。さっきの千尋の言葉で、わずかながらも、心奥底にためらう要因を隠しているのも事実だった。まだ想いを残している奈々を消し去ることをまだ聡はためらっていた。(奈々は、どうしているんだろう。もう俺のことも、過去形の存在になってるだろうな。格好いい彼もいるだろうな)そういう思いをしつつ、彼がいることを完全に断ち切る理由にしようとしていた。(俺って、ずるいな)そう、鼻でわらってみた。

「あたたた」

痛みが背中に響きながらも、また「ふん」と、笑った。(今さら、何考えてんだ)

「♪僕が癒してあげるやさしさで、君のためなら♪」

シグナルの歌詞が聡に言い聞かせていた。(もう二番目なんかじゃない。一番目の千尋を大切にしなきゃ)

千尋もまた、聡の心を見抜いていた。自分のアパートに戻ってみても、何もする気になれなかった。(聡の心には、きっと奈々がまだいるんだ。だから私は二番目なんだ。これからも二番目に変わりはないいんだ)そう、考えると、涙が流れた。しかし、それは悲しい涙でも、悔しい涙でも、ましてや奈々を恨む涙でもなかった。（私の愛がまだ、聡に届いていないんだ）そんな涙だった。そして、聡を試すようなものの言い方は止めようと思った。自分から、この愛を壊すようなことはやめようと。でなきゃ、なんのために、奈々に告白したのかわからなくなる。奈々が、（諦める）決断をしてくれたから、私は聡と歩めるんだ。奈々は、もう聡を見ていない。一人相撲はやめよう。そんな気持ちを徐々に自分自身に語りかけた。

そして四月、千尋は短大の二年に、聡は無事三年となり、西公園の桜は満開となって、恋人たちを夜桜見物へといざなっていた。その中に、聡と千尋の姿もあった。春はやさしく二人を迎えてくれた。

十四　祇園祭り

千尋も、就職活動に専念しつつ、附属幼稚園での研修にと忙しくしていた。聡も、専門教科も増えて、都市計画そのものに興味を見出しながら、勉学に勤しんでいた。しめっぽい六月の梅雨の時期も通り過ぎ、七月の上旬ともなれば、海が恋しくなってくる。二時限目の産業火薬の授業が終わって、早めに食堂へヒデキと田中と連れだって行ってみると、安東が走ってやって来た。息を切らせながら、

「おーい。ニュース、ニュース」

「何ん、慌てて」

既に食堂に来ていた隆夫の声を聞くまもなく、テーブルのイスについた安東が、

「それがくさぁ、掲示板を見たら、昼からの土質実験が休講になっとっちゃんねー」

「おい、本当か！」

「嘘なんか、言うわけなかろうもん！」

「おおー、やった。やった」

ヒデキと田中、隆夫に聡とそして朗報を持ってきた安東を交えて喜んだ。すかさず隆夫が、

「おい、海行こう！」

「うん、うん、行こう、行こう」

全員が昼から解放される喜びから意気投合して、B定食の食券をカウンター越しに食堂のおばちゃんに出した。

「おばちゃん、どうしても海ば行かんといけんようなったけん、早ようしちゃってん」

安東の声に、食堂のおばちゃんも、

「勉強に来とるとやろうもん。故郷の親が泣くばい！」

と、笑いながら受けとっていた。同じものが早くでき上がるのを承知で、全員同じB定食を頼んで早々に平らげ、安東の青のサニークーぺに乗り込んだ。

「安東、半日たっぷりあるんだから、ぶっ飛ばさんでいいからな」

と聡が言ったにもかかわらず「わかっとう」と言って、安東はアクセルをグッと踏み込んだ。国道三号線を、白バイに追跡されない程度のスピードで走り、和白から志賀島へと進めた。志賀島の

浜辺には、まだシーズン前ということもあって、誰もいなかった。浜辺沿いの芝生が一面に植えられ、心地よかった。五人そろって浜辺まで駆け寄ってみると、いないと思っていた人影が一つのビーチパラソルと共に見えた。若い女性が二人、ビキニの水着にヨットパーカーをはおって座っている。

隆夫が思わず「いいねーいいねー」と声を出した。聡も「いいねー。休講でよかった」一同喜んで、二人と少し離れたところで、波遊びをしていたが、やはり声掛けをしないてはないと、隆夫が言い出した。

「聡、お前行って来いよ」

「いいよ、俺は」

傍からヒデキが、

「聡は、千尋ちゃんがいるからな」

すると安東が、

「この際、千尋ちゃんは関係なかよ。別に『お付き合いしてください』って言うんじゃあなかろうもん」

「そりゃあ、そうばってん……聡行ってみる?」

ヒデキが態度を急転させて言った。

「なんで俺だよ」

「お前しか、おらんたい」

田中が持ち上げた。賛同しない聡に隆夫が、

「聡君。君のそのセンスのよさで、挨拶して来てください。お願いします。一同、吉報をお待ちしています」

全員が真顔で聡を見る。聡も、

「わ、わかったよ。声掛けの後は、そうゆう雰囲気を作って盛り上げてくれよ」

「それは、もちろん。わかってます」

と、隆夫の返事に一同うなずき、

「じゃあ、行くよ」

聡は、意を決して彼女たちに近寄った。

その状況の一部始終を見ないふりして見ていた二人は、互いに顔を見合わせながら、聡の態度を伺っていた。上半身裸で、砂まみれの聡は、それを払いながら切り出した。

「こんにちは」

まずは聡が挨拶すると、二人のうちの少し年上そうに見える女性が、「こんにちは」と返した。これで、ちょっと緊張感がほぐれた聡は、

「今日は平日なんだけど、お休みなんですか？　それとも僕たちと同じ学生なの？」

そう聞かれて二人はまた見合わせて、今度は年下っぽい女性が、

「私たち二人とも働いているんだけど、今日はお休みなの」

「そうなんだ。僕たち学生なんだけど、昼から休みになったので、替え衣も持たずに遊びに来ちゃ

ったんです。よかったら一緒に遊びませんか？」

一瞬、言葉を選んでいたように見えたが、またしても顔を見合わせて、年上っぽい女性が、「帰るまでの間ならいいですよ」

と言ってくれた。

「じゃあ、仲間を呼びますね」

そう言って聡は、皆を呼んだ。

たちまちにぎやかに自己紹介を始めて、

「どこに勤めてんの？」

「ああ、松屋レディースなんだ」

「文理大なの」

「いつも、何して遊んでるの」

等と声を交わしながら、しだいに和み、浜辺で遊んで過ごした。それでも、三時過ぎになると、帰り支度をするからと言って、休暇村へと戻って行った。

「楽しかったな」

と、隆夫が二人の後ろ姿を見ながら言った。

「ああ」

と、聡。

「次回会う約束ば、すればよかった」

田中が、もったいなさそうに漏らした。ヒデキも、

「ほんと。おしかったたっちゃんねー」

と、言いながら隆夫と同じように二人を見ている。その二人の姿が休暇村へと消えていくと、安東を除く連中からため息交じりに「はあ～……」という、空しい言葉のような声が流れた。その時、

「まっ、そう残念がらんでもよか。俺、約束したっちゃ！」

と、安東が言った。

一同「なにーー！、本当か？」

「ああ」

「どっちと？」

「年上っぽい方と」

「い、いつ？」

「今度の定休日に」

「そうじゃなく、いつ約束したと？」

「みんなが浜辺でダッシュ競争してるときに俺、ちょっとトイレに行くって行ったたっちゃろ。彼女も肌寒いからと言って、Tシャツをとりに戻って来たとき話したと」

「ほ～う」

皆んなの質問攻めにも、淡々と答える安東であった。

抜け目がないというのか、要領がいいというのか、皆感心して聞いていた。聡は、別段興味はな

くもなかったが、千尋という彼女の存在で満足していた。

女性二人がいなくなって、男五人で遊ぶのも気が抜けたみたいになり、四時には引き上げて香椎まで帰った。海水に浸かったせいか、体中が潮の香りとベタベタした感触で気持ち悪かった。

香椎のバス停で安東の車から降りた聡は、

「じゃあ、ありがとう。また明日な」

そう言うと、安東が、

「聡のお陰で、彼女たちと知り合えたし、お前はよか男ばい」

「いいよ。もう」

「じゃあな」

「ああ」

後の三人を乗せたまま、車は走り去った。ほどなくバスがやって来て乗ったものの潮の匂いがするのか、乗客の何人かは怪訝そうに聡を見ている。仕方なく後部へと移動しながら、それでも楽しかったひと時を振り返っていた。


国道沿いの夾竹桃の花も咲き出して、あたりはすっかり夏景色である。中州から天神にかけては、博多祇園山笠の準備を終えた飾り山が、各流ごとに彩られていた。(博多も夏本番なんだ)そう、思いながら、荒江方面行きのバスに乗り換えた。自宅アパートに着くや否や、早々に隣の銭湯に駆け込んだ。まだ、人影も少なく、年寄りが二人ほど入浴していた。「あ〜」と思わず言ってしまった。

気持ちがいいし、きれいに潮のベタつきを消すことに軽めの幸せを感じていた。すっかり、せっけんの匂いに変わって、部屋に戻ってドライヤーで髪を乾かしていたら、千尋がドアを開けてやって来た。

「おう、いらっしゃい」

ドライヤーの音に声をかき消されながら聡が言う。

「もう、入って来たと？」

「ああ、今日昼から休講になって、みんなで海へ行こうっていうことになってね。志賀島まで行って来たんだ」

「ふ〜ん。誰と？」

「ヒデキ、田中、安東に隆夫かな」

「どうやって行ったと？」

「安東が車持ってるから」

「すごいね。学生で車持っとうとね？」

「あいつ、実家が久留米だろ。本当は下宿してもいい距離なんだけど、親が通うなら車を買ってやると言ったらしく、車を選んだんだとさ。もっとも中古だけどね」

「何んね、車は？」

「サニーのクーペ」

「ふ〜ん」

千尋には、車の種類は聞いても見分けがつかなかったが、それとなく男同士で海に行ったことが気になった。しかし、聡を疑うようなことはしないと決めていた以上、その話はそれでおしまいにした。

「晩ごはん、どうする？」

「聡んとこ、何か材料あると？　あれば、作ってあげてもよかよ」

「いや、何もないよ」

「ならそこんとこのラーメン屋に行く？」

「そうしようか」

「じゃあ、これから行く？」

「行く、行く」

「髪、すぐ乾かすから、ちょっと待ってて」

そう言って、聡は素早く乾かしつつ、小銭を掴んでドアを開けた。

夕方とはいえまだまだ夏日で、日中の暑さが漂っている道を、二人並んで出かけた。冷房が効いた店内は、すこぶる快適で、一人前の餃子と博多ラーメンをすすりながら、店のテレビに目をやると、博多祇園山笠の飾り山が映し出されていた。七月一日の注連下ろしに始まって、十五日の追い山笠までの十五日間、博多の街は熱くなるのである。聡も、昭和通りから少し奥まった所に面した飾り山の「東流」をバスの中から眺めたことがあった。

「祇園か……」

聡は、なつかしそうに言った。

「どうしたと？」

「ううん。祇園って言うから、京都の祇園祭りかと思ったんだ」

「京都の祇園祭も綺麗やろうね」

「俺、見に行ったことあるよ」

「ほんとね？　よかねー、見てみたかー」

「そうだな、千尋も秋になったら、本格的に就職活動が始まるし、俺も来年は就職活動だし。行くならこの夏休みかな」

　予想もしなかった聡の言葉に、

「えっ？　本当に行くとね？」

「千尋が行きたいならね」

千尋は、ひょんなことから、京都に本気で誘っている聡の言葉ひとつ、ひとつに心弾ませていた。

「今日は十三日だろ。たしか、山鉾巡行が十七日だったから、前日の十六日に行こう」

「ほんとうに、行くと？」

「いいよ。別に行かなくても」

と、横目で千尋を見る。聡の横っ腹を肘でつつきながら千尋が、

「意地悪やね。行く行く」

「なら、ラーメン食ったら、計画しようか」

話がはずんでいる間に、すっかり麺が延びきってしまっていた。

そそくさと食べ終えて、聡のアパートで、予定を組み始めた。聡自身、京都へは何度も行っていた。

計画を練っていると、ふと千尋が、

「ねえ、一泊するっちゃろ?」

「そうなるよね」

「切羽詰まったこんな時期でも、ホテルの予約取れると?」

不安そうに千尋が聞く。

「幼馴染の友人のお姉さん夫婦が、京都にいてね。京都に行く度にお世話になっているんだよ。だから今回も、お願いしようと思ってる」

「いいと?　大丈夫なの?」

「余計な心配しなくていいよ。お姉さんたちも、学生結婚した仲だし。俺が彼女を連れて来たって言ったら、逆に歓迎してくれるさ」

「なら、よかばってん」

千尋の心配は、意外にも一瞬にして消えていった。

「いずれにしても、手紙書いておくね。じゃないと、いきあたりばったりじゃあね、迷惑かけるしね」

「うん」

ほんの少し前には、こんな話が出るとは思ってもみなかっただけに、千尋はこの小旅行の実現に、自然と笑顔になっていた。

「いずれにしても、詳細は俺が組み立てるから、お前もう休んだら？」

「うん？　うん。まだ聡んちにいる」

「そりゃあ、俺は構わないけど、お前いいの？　レポート書き上げてんの？」

「ううん。まだ」

仕方なさそうに千尋が答える。

「なら、今日は、おとなしくレポート書き上げてしまいなよ」

「う～ん。そうったいね。じゃ、また明日でも教えてね」

「ああ、いいよ」

その時、聡の部屋をノックする音がした。

今時分いったい誰かと、ドアを少し開けると安東が立っていた。

「おう、めずらしいじゃん」

「聡、ちょっとよかね」

「どうした？」

安東は、入り口に女性の靴があるのを素早く見て、気を利かせながら聡を外に手招きした。ややと
微笑みながら聡が、ドアの外に出ると安東が小声で耳打ちした。

「昼間の子、今連れて来とると」

「えっ！　お前、またどうして？」

聡は驚きとともに、前方に停めている安東の車を見た。確かに女性らしき姿が街路灯の射し込む灯りでわかる。

「で、どっちの子？」

「どっちも」

「何！　お前二人とも誘ってどうすんの！」

「ばっか。だから聡んとこに来たっちゃろうもん」

確かにそういったことだろうと想像がつくが、今の今は、とてもじゃあないことは、安東にも容易に察しがついていた。聡は安東を引き寄せ、耳元に小声で話す。

「なあ、安東、今の俺の立場わかるよな？」

つられて安東も、

「そりゃあ、わかっとうさ」

「なら、この場は引き上げてくれ。頼む」

「聡、よかや？　そいでん」

「いいも、悪いもなかろう」

「まあね。せっかく、来たとにね。しょんなかねー」

安東は聡の気持ちもわかりつつ手を振って、しぶしぶ停めている車へと戻って行った。聡は、安東を引き上げさせた安堵感と残念さとが交互に入り混じる思いのまま、部屋に入った。

千尋は、帰り支度のまま、

「誰なん？　私の知ってる人？」

聡は気持ちを強制的に切り替えて、

「ううん。同級生の安東っていう久留米の奴なんだけど。ほら、夕方に話した。こんな時間に近くを通ったというんで、寄ったらしい」

「なら、上がってもらえばよかったんじゃなか？」

「いや、俺もいろいろ用があるから。ああ、手紙も書かなくちゃあいけなしね。計画もね、早々に立てないとね」

千尋は、やや気にはなりながらも、

「そう？　……じゃあ、また」

そう言って、部屋を出た。

「おう、また」

千尋が閉めかけたドアに向かってそう言葉を掛けた。(千尋に変な誤解を生むだけだ)そう、感じながらも、どうして今日の今日なんだという思いもしていた。(ついてないな)とも、思いながらも幼馴染の姉夫婦宛ての手紙を書き始めた。

十六日の朝、別府からバスで博多駅まで行きながら、千尋が呟いた。

「あっ、眉墨忘れて来ちゃった」

「え〜っ！　でも、もう今から引き返してたら乗り遅れるから、駅のどっかで買えばいいじゃん」

「そうったいね」

バスの運転席の後ろに二人座って、しばらくは、街並みを眺めていた。天神から明治通り、大博通り周辺を見ながら、昨日の「追い山笠」で、担ぎ手として参加していた男衆の、法被に締め込み姿が目に浮かんだ。

「博多の夏も本番ったいね」

千尋が、ぽつりと言った。

まもなくして博多駅に着くと、千尋は化粧品をとり扱っている店を探すが、早朝のせいか見当たらなかった。「千尋、もう京都で買えば」そう聡が促すと、「うん」と言いながら新幹線ホームへと上がっていった。朝早く出たため、朝食抜きの二人は、ホームで弁当とお茶を買った。時計を見ると七時であった。

「何時に乗ると？」

「七時二十四分発のひかり四号だ」聡は、切符を確かめながら千尋に伝えた。

福岡市内から京都市内まで、学割を使って五千六十円だった。授業を終えたあとに、聡が香椎駅で事前購入していた。

まもなくして、新幹線がホームに入ってきた。二人は十五号車の十二番DとE席に座った。千尋も聡も気持ちが高ぶっていた。

「なん、変な感じだな」

「変って？」

「お前が横に座ってることがさ」

「恋人に見えると？」

「見えるさ」

二人とも、顔を見合わせながら、笑顔を交わした。

「私ね、高校二年の修学旅行以来なんよ。新幹線は」

「こっちの方には親戚はいないの？」

「本州側は、明石に叔母が結婚して住んでる以外、誰もおらんと」

「ふーん。本州側ね」

「何ん？　おかしか？」

「ううん」

快適に走る新幹線は、やがて新関門トンネルをくぐって、本州側へと向かって行った。しばらくは、二人とも早起きだったせいか、眠っていたが、聡は千尋の寝顔を見つつ、窓から瀬戸内海の島々を眺めていた。

高校生の頃、季節を選ばず、京都に来ていた聡は、まさか博多の女を京都に連れて行くなんて、思ってもみなかった。（まるで、藤圭子の唄の文句だ）そう、思いながら「♪京都から博多まで、あなたを追って〜♪」と、口ずさんでいた。

十一時前に京都駅に着くと、荷物をコインロッカーに預けて、衣笠山付近の竜安寺、仁和寺、さらには鹿苑寺（金閣寺）を見て廻った。さらに、千尋のリクエストの清水寺を見学するため、バスに乗った。

「修学旅行で清水さんも行ったんだろう？」

「行ったんだけど、ぜんぜん覚えてないと。友達と話してばっかりやったけん」

まあ、花より団子の状態だったことには間違いないようである。清水寺までの坂道を上がりながらもお寺めぐりの疲れも見せない千尋の姿が輝いていた。清水の舞台から下を覗き込んだり、記念写真を撮ったりしながら、千尋が呟いた。

「また、来れるかな？」

「えっ？」

「ううん。また来たいな……」

聡は、自分とのこれから先のことを案じているんだと思った。（千尋が就職する来年、今度は俺が就職活動だな）来年のことはまだしも、その先のことは、はっきりとは言えなかった。そこまでのビジョンをまだ聡には持てるほどの器を備えてはいなかった。

「ああ、来れるんじゃあない」

「ほんとね？」

「ああ」その程度の返答しかできなかった。

「千尋、この辺でぼちぼち行こうか」

「例の幼馴染のお姉さんちに？」

「ああ、あまり日が暮れてお邪魔するのも、失礼だしね」

　とりあえず、荷物を置いている京都駅まで戻って、姉夫妻の住んでいる六地蔵まで、京阪電車で行くことにした。聡も大学に入ってからは初めて訪れることになる。（手紙には書いていたが、多分驚かせることになるな）そう思いながら、古都の町並みを眺めつつ、二人は六地蔵を目指した。京阪六地蔵から、同じ京阪バスに乗り換えて小栗栖を目指す。ほどなくして市営団地に着くと、千尋は慣れない土地のせいか、疲れが出て口数が少なくなっていた。

「千尋、疲れたろう。もう少しだから」

「うん。大丈夫」

　幼馴染の姉夫妻は、三階に住んでいた。

「三〇二号室。三崎。ここだ」

　聡は、呼び鈴を押した。

「はーい」

　と言う声とともに、ドアが開く。

「いやー聡。ようお越し」

　姉の文子さんが、笑顔で出迎えてくれた。

「お久しぶりです。今日は、本当に勝手な申し出して、ごめんなさい」

「何言うてんの。気にせんとき」

「あっ、こちら石原千尋さん。あの一応……」

文子は、姉さんぶって、

「聡！『彼女です』って、しゃんと紹介せなあかんやないの。ねぇ千尋さん」

文子は照れている聡に言った。

「は、初めまして。石原千尋といいます。今日はお言葉に甘えて、聡さんと来させて頂きました」

千尋は言葉を選びながら、加えて印象良くもしつつ、深々と頭を下げて挨拶をした。

「まあ、まあ、そないかしこまらんと、おはいり」

その言葉を受けて、二人は居間に通された。

二人は、六畳の居間に座ると、文子がお茶を入れて、二人の前に置いた。すかさず聡が博多駅で買ってきた菓子を差し出した。

「これ、あとで召し上がって下さい」

「へー聡も一人前にこないなことしてー。じゃあ、遠慮なく、おおきに」

「文さん、もうどれくらいになるの？」

「そうやね。七年くらいかな。聡君がまだ中三くらいの時やなかったかいな。多分」

「じゃあ、もうすっかり京都言葉ですね」

「ううん。地の人からは、『どこから来やはりましたん？』って、言われるよって。うちら、まだ他所もんや。そないなことどうでもええさかい、聡君たちは、いつからの仲なん？」

身を乗り出して聞きたがる文子に聡は、

「えーまあ、俺が一年の頃からの出会いなんよ」

千尋は、下を向いたまま、聡の話すことを聞いている。

「いやーほな、もう三年やないの。すごいやん」

「え？　ええ……まあ……」

多分、こういったことを聞いてくるだろうと察していたが、文子の性格を知っている聡にしてみれば、千尋の緊張と疲れを早く癒してやりたい思いが、頭を廻った。

「今日、順次さんは？」

「うん。多分今晩、祇園さんの宵山やさかい、会社の人と見てから帰ってくるようになるんと違うやろか」

「そうなんだ」

「それより、疲れてんのとちがう？　特に千尋さんは。慣れん土地やさかいに。先にお風呂入って、ゆっくりしいや」

聡は、その言葉を聞いて安堵した。

「千尋、そうさせてもらおう」

「えっ？　ええ」

文子が夕食の用意をしている間、聡と千尋は、遠慮なく先に頂くことにした。夕食を頂いて、後片付けをし始めると玄関のドアが開いた。「ただいま」声と同時に順次が帰ってきた。すかさず、聡は座り直して身構えた。千尋も、聡以上に緊張をしていた。

「順次さん、ご無沙汰してます」

「おお、聡。元気やったか」

そう言いながら順次の眼線は千尋を見ていた。

「聡、彼女か？　まあー可愛らしい。お人形さんみたいやなー」

千尋は緊張し過ぎて声を詰まらせた。

「は、初めまして。石原千尋です。今日は、お邪魔しています」

正座したまま頭を下げて、千尋が挨拶をする。

「そないに硬うならんとき。凍ってしまうよって」

「いえ、そんな……」

千尋は、順次の冗談も真に受けてしまうくらい硬くなっていた。

順次が帰宅して、少し四人で話をした。自分たちは学生結婚をしたこと。やっと、市営住宅に引っ越しできたことなど。まるで、自分たちの若い頃の時を彷彿させてくれるような、聡と千尋の出現に、気分まで若返った順次と文子だった。

「おお、もう十時かいな。疲れているのに、すまんすまん。明日、山鉾の巡行を見るんやったら、もう寝なあかん。おやすみ」

順次の言葉に、

「じゃあ、聡君は順次さんとね。千尋ちゃんは、うちと一緒や」

「え？　ああ、そうですね」

聡は、当たり前の文子の言葉を聞いて、一人で恥ずかしい想像をしていた。

「なんや聡は。結婚してへん千尋ちゃんを聡と一緒に寝さすわけでけまへんやろ」

文子が、聡の気持ちもわかって、あえてそう言った。襖を隔てて、聡は横になっていたが、隣から文子と千尋の話す声が、聞こえた。

「千尋ちゃんは、聡とこの先どうしようと思うてんの？」

そんな、言葉が聞こえていたにもかかわらず、いつのまにか寝息をたてて聡は寝入ってしまった。


翌朝、朝食をよばれ「河原町通りと御池通りとの交差点で、見学したらええよ」そう、文子は言って聡と千尋を送り出した。

千尋の目は少し赤くなっていた。聡は、寝入りながらも、文子と千尋が話しこんでいた証だと感じつつ、千尋からそのことについて話さない以上、聞きだすことをしてはいけないような感じを持っていた。

朝から強い日差しの中、二人は言われたとおり、河原町通りと御池通りの交差点まで来た。しかし、既に大勢の見物人で、前にも後ろにも進むのが難しくなっていた。誰しも考えることで、山鉾の迂回しを見たいからである。疫病の退散を願い、美しく飾りつけた三十二の山鉾が都大路を練り歩く。一方の車輪の下に竹を敷いて、水をかけ、てこを使って車輪を滑らせ鉾を回す。山鉾巡行の一番の見所なのである。この祇園祭が終わると、京都は夏本番を迎える。

長刀鉾を先頭に順次見ていたが、孟宗山あたりから、あまりの人の波に千尋が気分を悪くしてしまった。しかたなく、千尋の手を引いて人波から脱出すべく掻き分けていた時、押し気味になっていた人波が崩れて道路側に倒れ掛かった。その瞬間、千尋が持っていたバスケットが開いてしまった。危険を感じ聡が「押すな！　危ないじゃあないか！」と叫んで、開いてしまったバスケットを急いで抱えて、歩道側の商店に千尋と共に入り込んだ。

千尋は気分を悪くしながら、先ほどの雑踏に恐怖心を抱いていた。入った店が仏具店であったが、店員にわけを話して、少し休ませてもらうことにした。そうこうしてると、店の主人らしき初老の男性が、店員から事情を聞いたのか奥から出て来て、

「それは危のうおましたなあ。毎年、こないぎょうさん、お客さんが来ますやろう。そりゃあもう、どないなるかと、あんじょうしますんや」

そう言いながら、お茶を出してくれた。

ひとまず落ち着きを取り戻した二人は、主人にお礼を言って店を出た。千尋を気遣って、山鉾巡行と反対の通りを抜けて、三条から賀茂川の川べりに降りて、千尋を休ませた。人ごみに飲まれた感じで千尋は疲れが出ているのがわかった。聡は、裸足になって、足を川面に浸していた。その姿を背後から眺めていた千尋は、昨晩文子と話をしたことを思い出していた。

「聡とこの先どうしたいの？」

こう聞かれて千尋は、言葉を選んでいた。

「千尋ちゃんが、返事をためらっているのは、聡の本心をまだ掴みきれていないからじゃあないの？」

そう文子から言われ、そうかもしれないと千尋も感じていた。（確かに、聡は私を見てくれている。

多分これからも。でも、やはり本当は奈々のことを……）そんなことが心によぎった。（なぜこんな思いを、私はいつまでも引きずっているんだろう。私が、聡を疑う気持ちを持っている限り、聡との距離は縮まることはないのだろうか。奈々の心はもう、聡から離れているだろうから、後は私の問題なのに）そんな思いが、千尋の心を惑わして収まりが付かないでいた。

「千尋。千尋」

そう、呼ぶ聡の声に我に返り、

「何ん？」

「何んって、どう気分は？」

加茂川で足を浸していた聡が振り向きながら、千尋の様子が疲れからのものだと信じて声をかけていた。

「うん。もう大丈夫」

そう、答えながら、聡がいる方へ下りて行った。川の水が気持ちよく、千尋は手を入れながら聡に言った。

「京都に連れて来てくれて、ありがとうね」

そんな千尋のことに気づかず聡は、

「どういたしまして。千尋が来てよかったんなら、それで俺は満足だよ」

淡いグリーンのスモックルックを着た千尋の白い胸元から顔にかけて、赤みが差している。完全に陽に焼けてる証拠だ。

「さあ、時間も時間だから、駅に戻ろうか」

「そうったいね」

二人は、またにぎやかな通りに上がり、京都駅を目指してバスに乗った。遅めの昼食を済ませ、新幹線のホームに着くと、

「じゃあ、千尋気をつけてね」

そう言いながら、聡はおみやげの生八橋を渡した。

「何時の新幹線？」

「俺は、二時半過ぎだな」

「そう」

ちょっと寂しい顔を見せながら、本当は自分と一緒に博多まで来て欲しい気持ちもあったが、そうもいかない。

聡が、

「右と左に別れ別れだね」

と、気にかけもせず言った。

「本当にそうなったらどげんすっと？」

千尋の予想もしない言葉に、

「何、言ってんの。冗談でも言わないぞ、俺は」

確かに、聡の心には、そういった思いは、全く存在していなかった。その顔つきをいち早く読み

取った千尋は、

「ううん。ちょっと、意地悪ばしてみたかっただけたい」

「つまらないこと、言うんじゃあないよ。おお、来た来た」

ひかりがすべる様に、ホームに入って来た。

「じゃあ、千尋夏休みは、早めに切り上げて帰るから、また連絡するよ」

「うん。待っとうけんね」

そう言いながら、千尋はひかりに乗り込んだ。窓際の席に座るやいなや、追い立てられるようにひかりは、動き出した。一瞬にして、手を振る千尋の姿は消えてしまった。あっけない別れに浸る余韻もない有様がおかしかった。「さて、俺も帰るか」独り言みたいに呟きながら、聡は反対側のホームへと階段を下りて行った。京都特有の蒸し暑さが、聡を東京へと送り出した。

十五　就職

夏休み明けから、千尋の就職活動も本格化し、無事古賀町にある幼稚園に内定となった。

翌年の三月、今後の通勤時間のこともあり、千尋が香椎あたりへと引っ越すこととなり、聡が別府にいる意味を成さなくなって、聡も香椎へと移ることにした。結局、千尋は香椎の御幸町通りに面したお茶屋さんの二階のアパートに。聡は、その御幸町通りを過ぎた西鉄香椎宮前駅近くの植木屋さんの二階に移った。聡にとって、戻って来た感じで香椎花園以来となる。寮仲間だったヒデキや、田中ともまたにぎやかしく付き合える喜びも聡は嬉しく思っていた。

四月からは、卒業研究のため、地盤工学の森本教授の研究室に入って「砂地盤における地すべり作用」をテーマに研究を開始した。大学には、授業自体週三日だけ行けばいい状態であったが、研究室へ毎日通うため、結局毎日出向いていた。単位も百二十単位取得し、残り十七単位だけとなっている。しかしながら、就職活動は、オイルショックをまともに受け、かなり苦戦を強いられていた。仲間もなかなか内定がとれずにいた。同じ、研究室にいるヒデキが、

「聡、今日はいつもの幸ちゃんじゃあなく、翠基楼へ行かん？」

地すべり試験の結果データを移しながら、

「そりゃあ良いけど、またどうして翠基楼なん？」

と、聡は聞いた。

「今週は、餃子祭りで、六十個完食したら無料になるっちゃん」

「ほ～う。いいねえ～それ。じゃあ、準備のため、今日の昼は抜きにしようぜ」

「そうったいね。完食ばせんと、全額支払うことになるったい」

「よし！　気合いを入れないと！」

二人は、晩飯に標準を合わせて、昼前から意気込んで、他の連中が学食に向かって行く中、そそくさと大学を後にした。

一旦、自分の部屋に戻った聡は、空腹がゆえのつまみ食いをしないよう、なるべく体力を温存する意味で、横になってＦＭを聴いていた。

ちょうど、とんぼちゃんの「遠い悲しみ」が、かかっていた。去年の暮れ頃に流行った曲だったが、季節が変わっても、さほど違和感は感じられなかった。聴き入っているうちに、いつのまにか寝入っていた聡の部屋をたたく音がして、目を覚ました。ドアを開けると、ヒデキが迎えに来ていた。

「聡、行こう」

「ああ」

二階脇の階段を下りて、宮前通りから、御幸町商店街を通っていると、ヒデキが小声で話しかけて来た。

「聡、あそこの薬局の子、どう思う？」

そう言われて、薬局にいる店員を聡も見る。

「おっ、いいねぇ〜。かわゆいねぇ〜」

ヒデキは、同調してくれた聡に、

「だろう。俺、通る度に、目線が合うとドキッってしてしまうんよ。俺に、気があるとやなかろうか」

聡は、思わず吹いてしまった。

「じゃあ、お前毎回、リポビタンでも買いに行けば？　きっと、売り上げに協力してくれたって、好意を持ってくれるかもね」

真面目になりながらヒデキが、

「毎回は、無理ばい。金が続かん」

まんざら、あおることもできないと聡は思い、「応援すっから」とだけ言った。「よしっ！」そんな気合いを入れて、歩くヒデキが（コイツもいい奴だ）と聡は思った。

西日本相互銀行香椎支店隣にある翠基楼の中華料理は、久しぶりであった。店のウインドウにも「餃子祭り」のポスターが貼られていた。

「じゃあ、行くぞ！」

「ああ」

ヒデキと聡は、六十個完食の目標だけを頭に叩き込んで、店に入っていった。制限時間三十分での完食ということも知らずに。

あたりが、夕刻らしき雰囲気になった頃、しばらくして、それでも無事食べ終えたのか、店を出て来た二人の安堵した顔は複雑だった。二人とも無言で歩いた。御幸町に入ってヒデキのアパート近くで、彼がポツリと言った。

「もう、餃子はよか」

聡も、

「割引券は田中にでもやろう」

「ああ。じゃあ、しばらく休むけんね」

「俺も」

そう言って、二人は別れた。聡はあと少し歩かねばアパートに着かない。歩く振動で、ゲップが出る。(ああ～餃子の匂いだ～)ただで食するのはたやすくないことを学習した一日だった。

季節は夏本番となり、就職活動しながらも卒業研究もあって、聡は実家に帰れずにいた。就職課の壁一面に、企業からの詳細な張り紙が掲示されてはいるが、どこも募集人数の手控えが目立っていた。その中でも、やはり聡は関東方面の企業の名前を目で追っていた。やはり、零細企業とはいえ老いた両親の元で仕事に就きたかったのである。

研究室に入る前に、いつものように就職課を覗くと、千葉にある学校法人の職員募集の掲示が目に留まった。(千葉県柏市か……常磐線だな)そんなことを考えながら、詳細な資料を閲覧するため、部屋に入って見てみた。学園内の今後の規模拡大に伴って、建設会社との交渉に専門知識の備わった職員を募集しているようであった。(赤羽からも、さほど遠くもなく、電車で一時間くらいならベストだな)そんな思いもあり、早速履歴書送付を試みるべく、手続きをすることとした。(これで五社目だ。とにかく、受けることにしよう)そう思いながら、研究室へと急いだ。データをまとめながら、千尋のことが頭をかすめた。

(俺が地元に戻れば、千尋との関係もむずかしくなるな)それは、それで新たな課題として、聡の心を曇らせることにもなっていた。

夕方になり、御幸町商店街沿いの千尋のアパートがあるお茶屋の二階を見ると、窓が開いていた。千尋も帰っているとわかり、脇の階段から部屋に行ってみた。

「千尋いる?　俺」

ドアが開いて、

「今、帰り？」

「ああ」

千尋はTシャツに着替えていた。幼稚園だから夏休み中でも先生ともなれば、園児と同じように休みがとれるとは限らない。

「今日は、仕事なん？」

「仕事じゃあなかばってん、研修が天神であったと」

「ほ～、新人先生も大変ですね～」

そう言いながら、聡は就職について、千尋に話しかけなくてはと考え始めていた。

「千尋、今日ご飯どうするの？」

コーラを入れて、聡の前に置きながら、

「そうったいね。準備はしとらんばってん、聡が食べたいなら、作るとよ」

「じゃあ、食べたい」

「なら、作ろうっか」

そう答えが返ってくるものと承知のうえで、千尋に聞いてみたのだった。

「で、何作るの？」

「塩サバがあるから、焼きサバの大根オロシ添えと味噌汁に、玉子焼きっかな」

エプロンをかけ、台所から振り向きながら、そう千尋が答えた。

「おっ！　いいね〜」

それだけを言いつつ、千尋の笑顔を見ると、就職の話は避けたくもなった。（言えば、絶対泣き出すだろうな）そんな思いが聡の心を曇らせた。

テーブルの上に品数が揃った段階で、千尋と聡は向かい合って食べ始めた。

「久しぶりだね、千尋と食べるの」

そう言いながら聡は、千尋がどう答えるかわかっていた。

「だって、ヒデキさんや、田中さんと一緒に行動したいっちゃろう？」

やっぱり、思った通りの返事だった。

「う、うん。一年以上も、みんなと疎遠気味になっていたからね」

そう、言いながら、千尋にそっけない素振りが多くなっている自分に罪悪感もあった。

話しかけようと心で決めながらも、口に出せずにいる聡の様子を見ていた千尋も、嫌な空気を読み取れないほど鈍感ではなかった。箸の動きを止めて、千尋は切り出した。

「私に、何んか言いたいことがあるっちゃないと？」

聡は、先手を取られた感のあるこの場の状態から、いかに進めるべきか、その心に繕いを探していた。

「うん？　ああ……じゃあ、話すね」

そう言って、聡は箸を置いた。

「実は、今日も就職課の掲示を閲覧していたんだけど、千葉の学校法人の求人に、建設関係の専門分野の職員を募集しているのを見つけたんだ。で、俺もちょうどそういった仕事に興味あるし、とりあえず履歴書を送付しようと思ってるんだけど……」

千尋の顔が、みるみる重たい顔つきへと変わっていくのがわかった。少しだんまりになったあとで、

「やっぱり、地元に帰ると？」

そう千尋が、下を向いたまま小さく言った。

「まあね。親父やお袋がやってる工場も、どうなるか時間の問題だし。俺も、男一人だから」

聡も正直に我が家の内情を話した。

「そうったいね。聡は、長男やしね。そうったいね。仕方なかもんね」

やっぱり、落ち込んでしまった千尋に、どう声を掛けていいか、聡は言葉を慎重に、尚且つ早くこの場から明るい雰囲気へと脱出したかった。

「まあ、離れても連絡は取れるし、定期的に会うこともできるし。まだこれから面接や試験もあるだろうから、受かってからの話になるけどね」

そう言いながらも、前向きな会話にはなっていないことを聡も感じていた。

「受かれば、行くとやろうもん」

もっともなことである。

「うん？　ああ、まあね。でも、まだ他も受けなきゃね」

「でも、東京へ帰るっちゃろ？」

「福岡に就職することはないな」

この言葉を早めに出してしまったことに聡は「しまった！」と思った。

しばらくの沈黙の後、今度は聡の方を見て千尋が言う。

「じゃあ、私はどうしたらいいと？　ここで、一人で、どうしろと言うと」

怒りにも似た目つきで、聡を見ていた。

聡は、自分の早々と話しかけた愚かさを悔いていた。（やっぱり、時期尚早だったんだ。内定してから言えば良かった）そんな思いが頭を駆け廻る。

いっこうに埒が明かない状態に、うんざりしながらもこの場を収めたい聡は、

「千尋？　そう落胆するなよ。お前のことを見据えての俺のアクションだよ。まだ、そう、まだ俺は、その準備が整ってないよ。だって、これからだよ。俺が成長するのは。だから一時離れ離れになるけど、二人の愛を確かめることもできるじゃない。俺も、我慢するから、千尋も我慢してほしい。わかってくれる？」

聡は、自分自身も納得しようと思いながら、千尋に話していた。

千尋は、固まったようにじっとして、何も言わなかった。テーブルに、涙がこぼれ落ちた。（ああ、やっぱりなあ）千尋の心を、応急処置的な言葉の癒しでは無理なんだと聡は思いながら、聡も次の言葉が見つけられず黙ってしまった。気まずい雰囲気の中、電車の走る音が背後から聞こえる。

しばらくして、吹っ切るように千尋が顔を上げて言った。

「もう……よか」

聡には、どういうふうに「よか」なのか理解できずにいた。しかし、それを聞き返すほどの勇気はなかった。(「聡の好きなようにして」という意味か。「もうどうでもいい」という、意味か)そんなことを、またしても頭に廻らせていた。

既に冷たくなった料理に箸も進まず、動きもとれずにいると、

「私、九月に開く学習発表会の下準備をするから」

そう千尋から切り出した。

「ああ、じゃあ、俺も銭湯に行くから」

この場の重たい雰囲気から逃れる口実でもあったが、なんら解決するでもなく、退散するだけなのがみっともないと聡は感じていた。

千尋と手を振って挨拶するでもなく、鉄板の階段を下りる足音だけが響いた。通りから千尋の部屋の灯りを見上げて、元気付ける方法を見つけられずにいる自分が情けなかった。真夏の夜の熱気も、いつまでも二人の気持ちを覆っているように、重たく漂っていた。

卒業研究の地滑りにおける、杭にかかる圧力データを取りに大学の研究室に行っての帰り、学食に寄ってみると、田中やヒデキがいた。

「よう!」

「おう!」

二人とも、ラーメンをすすりながら、タバコも手に持って吸っていた。

「お前ら、どっちかにしろよ。食べてから一服する方がうまいのに」

そう、言いながら聡も、マイルドセブンを吸い始めた。

「聡、お前卒研の進み具合はどげんね？」

「まああかな」

田中の問いにそう答えながら、B定食の食券を買って、食堂のカウンターに置いた。まもなくして、トレイに載せて聡が戻ってくると、ヒデキが待ち構えたように話しかけた。

「なあ聡、今日は土曜日っちゃろう？」

「ああ」

「たまには、これっ、やらん？」

そう言いながら、ヒデキは麻雀の上がりを示すパイをひっくり返すしぐさをして見せた。「そりゃあ、かまわないけど、あと一人は？」

イワシのフライを口に運びながら聡が聞き返した。

「さしずめ、安東に声かけようと思うとると」

「じゃあ、安東がOKならね。で、その安東は？」

「あいつ、まだ研究室じゃなかっちゃろうか」

田中がラーメンのスープを飲みながらそう言った。

聡が、「あれって、何の研究しとると？」

「安東は、確か橋梁じゃあなかね」

ヒデキは、二本目のタバコに火を点けながら答えた。

「あの安東がねー。ほー」

日頃、勉強をしている姿を見たことがない三人にとって、考えられない研究であった。すると、その安東が昼メシを食べに食堂に入って来た。

聡が「おーい。安東！」と、手招きしつつ、テーブル下の丸イスを確保した。

「よう！」

「おう！」

ちょっと見ないうちに安東は、口髭を蓄えていた。その格好を見ながら聡が、

「何ん、お前。就職前にその格好はまずいんじゃあないの？」

「あっ！　これ？　別によかっち」

どこか自信ありげに、口髭を触りながら安東が答える。

「なんがよかね。知らんばい。どこさーも採らんようになるったい」

ヒデキは呆れていた。

「俺くさー、もう内定ばもらっとっちゃんねー」

これには、一同、

「えー！」

「お前、どこんと企業なん？」

「いやー、地元久留米ばい」

「い、いつ決まったとや？」

「一週間前ったい。まあ、どこんでん、よかったばってん、久留米ん中でん、いっちゃん大きか建設会社やけん、決めてしもうたとばい」

そう言いながらピースを一本取り出して、気持ち良さそうに吸っては、得意の輪っかを作った。

安東の自信に満ちた話し振りに、三人は意気消沈しつつ、麻雀に浮かれる心境を恥ずかしく思った。気持ちは一気に就職の文字が駆け廻り始めた。その様子を見つつ、安東が、「どげんしたと？何か用があったたっちゃあなか？」

「いや、別に。お、おい早よう食べて、帰り就職課に寄って行こうぜ」

三人は、そそくさと食べ終わって、食堂を出た。一人残った安東は、A定食をと食券を買っていた。

就職課の掲示板に目を通しながら、三人三様にやはり地元企業を中心に見ていた。聡は、前回閲覧した千葉の学校法人にとりあえず搾って、履歴書を投函した。結局、安東を誘えず麻雀も中止になりかけていたが、聡がふと漏らした。

「千尋、そうだ千尋だ」

「おい、メンバーそろうぞ」

ヒデキも田中も「誰ね」と聞いた。「千尋ができる」聡は、千尋とのギクシャクした関係の修復をまだできていなかった。この機に仲直りすべく、きっかけにしたかった。安東の就職内定に沈みがちになっている三人だったが、気分転換という気持ちに変えて、聡から千尋に伝えてもらうことで決定とした。

「じゃあ、連絡するから」

ということで、田中とは大学前で、ヒデキとは御幸町で別れた。

（土曜日だから幼稚園も昼までだし）そう思いながら、千尋のアパートの階段を上がっていった。ドアをノックすると、

「はい」

という千尋の声がした。まなしにドアが開いて、

「おう！」

聡はなんでもなかったような素振りで挨拶をしたが、

「何ん？」

千尋は、まだ引きずっていた。

「ああ、今日の夕方、時間ある？」

「別に予定は組んでなかばってん、何ん？」

「よかった。じゃあさあ、麻雀やらない？」

千尋は、聡が仲直りのきっかけに誘っているくらいわかっていた。

「してもよか……いや、でも私下手やん」

「いいの。いいの。そんなことは」

「で？　あとは誰なん？」

「ヒデキと田中」

「ふーん。よかよ、知らん人じゃあなかし」

「よかった。じゃあ、六時に。迎えにくるから」

「どこですっと？」

「ヒデキんとこで」

「ご飯は、どうすっと？」

「なんか、みつくろって持って行きたいから、用意しといて」

「なーん！　結局は私がするとやなかね！」

「ごめん。お金は払いますから。じゃあね」

そう言いながら、聡はもう階段から下りて通りに出ていた。

（いいように、使われている）そう感じながらも、聡との関係がストップしていた歯車がちょっと動き出したように思えて、安心したのも事実だった。微笑みを取り戻そうとしている千尋を、部屋の鏡がそう映していた。


六時から始まった異色の麻雀大会も、千尋が作ってきたチャーハンを美味しく食べながらも、九時にはお開きとなり、聡と千尋は連れなってヒデキのアパートを出た。四人でいる時は、そこそこ話をしていた二人だったが、やはり二人になると話がはずまないでいた。

聡は、

「今日ね、例の学法に履歴書を送付したよ」

「そう」

千尋は短くそう返事をしつつ、前を向いて歩いていたが、自分のアパート下まで戻って来ると、

「そこ、受かるといいね。じゃあ、またね」

そう言って、階段を上がっていった。（本心はそうじゃあないくせに）そう、聡は思いながら一人、御幸町通りを通り抜けてアパートに帰って行った。

履歴書を提出してから十日後、学校法人千葉学園から試験日の通知が来た。九月四日、五日の両日で、初日に論文と一般常識、二日目に面接と記されていた。（常磐線柏駅だから、自宅から京浜東北で上野で乗り換えるか）そう頭に描きながら、受ける学法の特徴をにわか学習し始めた。

二日の木曜に千尋がお守りを持って、めずらしく聡のアパートに来ていた。

「受ける千葉学園って、どんなとこなん？」

「幼稚園から大学までの一貫教育をしているみたい。なんでも英国風の教育方針だそうで、卒業する時には英語は完全にマスターしているんだって」

そう、話をしつつ、聡は自分が半分調子ばっていくのがわかっていることに、千尋が反応しているのに気づくと、少し抑えながら、

「でも、受かればの話なんだけどね」

と、わざと安心感を含ませるような話し方に変えた。

「明日は早いんでしょ？」

「うん？　ああ、まあね」

「じゃあ、頑張ってね」

そう言って帰りかけた千尋に、

「千尋、仮に受かったとしても、心配すんなよ」

聡はそう言って、千尋の心の不安を取り除こうとした。

「心配なんかしてないとよ」

「そ、それならいいけど」

試験前にややこしい話をするのは御免だった。気がめいってしまいそうだ。聡はそう思いながら、千尋の姿を目で追っていた。

翌日、聡は福岡空港から羽田に向かい、まずは小豆沢の実家に帰って来た。夕食を両親と共にしながら、やはり明日受ける学法の話になった。母親が、

「お前、学校を受けるって、先生になるのかい？」

「違うよ。だって俺、教職課程とってないし」

「じゃあ、学校の何になるんだい」

「職員だよ。ただの職員」

「受かれば通えるね。またお父さんと三人で暮らせるね」

母親は、姉二人が嫁いだ後寂しい思いをしていたから、仕事の内容よりもすでに受かって、ここで生活する先のことを考えていた。父親は、ただ黙ったままで、おかずを酒の肴にちびちびと一人

酒で、杯を口にはこんでいた。

「俺の代までだな、この工場も」

そう、一言呟くように言った。

「お父さん！」

母親が、明日受けようとしている息子の妨げになってはとの思いから思わずそう言った。父親もその先を続けようとはしなかった。息子を思う気持ちと、それでも息子にわかって欲しい気持ちが交錯していたからだ。その夜は、何となく聡は、暗澹とした気持ちを持ちつつ、いつしか眠りについていた。


常磐線柏駅から東武バスで学園前で降りて、徒歩五分の場所に千葉学園はあった。学園の正門には「学校法人千葉学園教職員試験会場」という看板が掲げられていた。受付にて受験者の確認を終えた後、試験会場の大学の階段教室にて午前の論文、午後からの一般教養の説明を受けた。論文は「私学に課せられた社会性」について九十分。一般教養の中にはロッキード事件を発端とした灰色高官などの汚職事件を中心とした、新聞記事を題材にして出題されたものもあった。

翌日は、志望動機などのありふれた質問を二十分間受け、午前十一時には学園を出ることができた。久しぶりに上野のアメ横界隈を見て、新橋から銀座あたりを巡って、午後三時すぎの日航で羽田を発った。

空港上空を西へと旋回しながら、今しがた受けた学法のこと、両親のこと、千尋のことが頭をかけ廻っていた。(早く解決したいな)小さくなっていく東京を目で追いながら、聡はそう思った。

九月二十日、不安で日々過ごしていた聡の下に、半分諦めていた内定通知書が届いた。これで、気持ちは大きく傾くことになった。卒研も順調に進み学園祭を迎える頃には、もう一社建設資材を扱う会社にも内定をとりつけた。が、聡の気持ちは既に千葉の学法に決めていた。口では親を疎ましく思う言葉を発してはいたが、やはり老いた両親を考えると、関東地区への就職が優先となった。

そんな聡の気持ちは千尋も十分理解をしていたが、やはり日に日に別れが迫るとその思いはどうしようもなかった。聡と会う度に、交わす言葉にとげとげしい嫌味も含まずにはいられなかった。そういった二人のしらけた間を埋めるように、千尋はカセットをラジカセに入れて聴き始める。因幡晃の「別涙」が千尋の部屋に染み渡っていく。

「♪泣いてついて行きたいけれど、あなたにはあなたの道がある♪」

こういったパターンの繰り返しが最近続く中、聡が我慢できずに、カセットを止めた。「なんすっと!」

すかさず千尋がスイッチを入れる。聡がそれを切る。

「うちのラジカセったい。なんばすっとね!」

意固地になって、また千尋がスイッチを入れる。

「おい! もうやめようぜ。あてつけみたいに聴くなよな!」

「なん? なんがあてつけね! うちの好きなようにして、なんがあてつけね!」

聡も、こう再々同じことを繰り返されては、たまらない気持ちが増幅していくばかりであった。

「千尋！　卒業して就職するのが、当然だろう？　俺が東京へ戻ることも至極当たり前だ。職員として勤める学園も、すごく環境がいい。確かに、千尋を福岡において、離れ離れになることはつらいけど、それ……」

「なんが、つらかね。言葉だけったい。うちのことなんか、離れればどうってことないっちゃろうもん！」

千尋の目からとり止めなく涙がこぼれ落ちて、畳を濡らしていた。聡も疲れていた。この繰り返しに嫌気もさしていた。「もう、好きにすれば」と言って、自室へと戻りたいとも思った。しかし、根を詰めた千尋が心配でもあった。

大きく深呼吸をして、聡は千尋の傍に座り、泣き続ける千尋の肩を抱いて静かに語りかけた。

「なあ、千尋。確かに離れるけど、休日には会いに来るよ。毎月給料が出たら時間を決めて電話をうんとするよ。もちろん手紙も書く。それでも、二人の気持ちに変わりがなく、互いを求めるなら、俺も決意するさ」

千尋は、そう言い切る聡の声を呆然と聞いてはいたが、目の前の聡との思い出が、本当に思い出として片付けられることが耐えられなかった。壁にもたれた千尋は、しばらくの間黙ったままでいた。静まり返った部屋を、目覚まし時計の秒針が「カチカチ」と響く。

「もう、よか」

力なく小さな声で、千尋が聡の肩を振り払いながら立ち上がった。夕食の後片付けをしながら、ただただ黙々と食器を洗い始めた。聡は千尋の「もう、よか」の意味が「よくわかった」ということなのか「もう、どうでもいい」という意味なのか、判断できなかった。ましてそれを問い直すこともできずにいた。（一旦帰ろう）そう思って、腰を上げドアに手を掛けた。「ごちそうさま」それだけ言ってみて千尋の様子を伺った。一瞬、洗う手が止まったが下を向いただけで動こうとしなかった。

階段を下りて、商店街の手前の溝川のたもとの橋で、タバコを吸いながら、この問題をどうこなしていいか途方にくれる思いであった。既に凩は冷たく年末商戦が近づいている中、タバコの味もうまくなかった。（どうしようか……）聡もそれを考えると気が重く、そして辛かった。

年も明け、いよいよ卒業までわずかとなった。この春から千尋の妹が、福岡の短大に行くことになり、聡も千尋も気分的に楽になっていた。もちろん、離れ離れになる寂しさはあったが、千尋が少なくとも妹との生活によって、気がまぎれるのも事実だった。千尋から紹介され、何度か会う機会が増えると、聡も気楽に妹と話せるようになった。

「由美ちゃん、お姉さん頼むね。根を詰めるタイプだから」

「聡さん、心配なかよ。姉ちゃんの性格ば、よう知っとうけん」

実に朗らかな妹は、そう言って聡を安心させた。

二月上旬、土木工学科の教授が揃う中、聡の約一時間に及ぶ卒業研究の発表が質疑応答を交えて始まった。そうして無事に卒研の発表をこなした後、聡は久しぶりに工学部棟の屋上に上がって、香椎の街並みと玄界灘や志賀島を眺めていた。（早いな、これで四年間の大学生活も終わりか）いくら九州の地とはいえ、玄界灘から吹き込む風は冷たく、そして強い。（この福岡ともさよならだな）いろんな思い出がよぎっていった。

博多弁に戸惑った一年生が、今じゃ博多弁を喋る自分になっていた。（塚口先輩と同じになった）そう思うと、おかしくてかぶりを振りながら一人で小さく笑った。そうこうしてると背後から聡を呼ぶ声がした。

「聡！　卒研の打ち上げコンパに行こうぜ！」

同じ研究室のヒデキと田中が呼んだ。

「おう！」

聡は、再度香椎の街並みを見つつ、二人に続いて降りて行った。

千葉学園に於ける新卒の職員対象の研修が三月十五日から末までの二週間始まったが、聡は、途中二十二日が卒業式のため、一旦福岡に戻って来ていた。聡の入学式以来の福岡となる両親と、前々日にせめて長崎くらい親孝行のまねごとにと、観光巡りに行って卒業式を迎えたのである。卒業証書並びに工学士を与えられ、両親に手渡すと、明日福岡を発つことを告げて、そそくさと学友とキャンパスを後にした。行き先は行きつけの「幸ちゃん食堂」だった。今日は、特別献立として、特大のトンカツを用意してくれていた。

「白波」のお湯割りを作る田中が立ち上がって音頭をとった。

「俺たちが、こうやって今日、無事卒業を迎えることができましたのも、ひとえに食生活を支えて頂きました、ここ幸ちゃん食堂によるものです。これで、ここのトンカツ定食が食べられなくなると思うと、誠にもって寂しい限りです。今日は、三年間の御礼と感謝と俺たちのこれからの門出を祝して……えーまあ、とにかく乾杯する」

　腰砕けとなった挨拶を終えると、各々グラスを持ちながら、食堂のおじさん、おばさん、そして看板娘の幸ちゃんに向かって、

「お世話になりました。乾杯！」

　高々とグラスを掲げてお礼を言った。店のおじさんも、

「卒業おめでとう。君らがおらんようなると、寂しゅうなるばってん、今日は大判振る舞いったい。なんでん、注文してよか。タダんでんなかばってん、安うするったい！」

「おっちゃん、大好き！」

　聡がそう声を上げた。

　久しぶりに元寮生が揃った。ヒデキに田中、聡に北条、安東に隆夫の六人。それぞれ就職も決まり、気持ちは社会人へと切り替えたいところだが、今日一日は寮仲間だった一年生のバカ騒ぎをした頃の気持ちでいたかった。最後に校歌を斉唱してお開きとなり、幸ちゃんを後にした。聡は、千尋との最後のひと時を過ごすため、みんなと熱い握手を交わして別れた。

　千尋のアパートの階段を上がり、ドアをノックする。

「おかえり」

そう言って千尋がドアを開けた。

「ごめん、遅くなってしもうた」

「ううん、みんなと盛り上がったっちゃろう？」

「ああ。いい奴ばかりったい」

そう言って、座った。

「なーん、変な博多弁」

クスっと笑った千尋の顔を見て、聡は愛しく思った。春とはいえ、やはりまだ夜は寒い。布団に入って、千尋を抱き寄せながら、

「寂しい思いをさせるけど、また来るからね」

「うん」

千尋は、そう言いながら聡の胸に顔を埋めながら、息を殺して泣いていた。聡もそれはわかっていた。わかっていたけど、今は抱き寄せるしか何もできなかった。千尋の心を穏やかにしてやりたいと願うだけだった。


目をしょぼつかせながら、起き出すと千尋は既に、着替えて朝食兼昼食の用意をして、聡を座ったままで眺めていた。

「いつから、そうしてたの」

「三十分前からかな」

ばつが悪そうにしながら「そんなに見るなよ」聡は、気恥ずかしくなってそう言った。

「減るもんじゃないっちゃけん、よかくさー」千尋は、すっきりした表情になっている。もう昨晩の千尋ではなかった。なるべくそうしようと努力をしているんだと聡も感じていた。だから、もうそういったことには触れないようにしようと思った。

「どうする？」

「なにが？」

「福岡空港まで来る？」

「ううん」

「そう。うん、じゃあ、ご飯食べたら出るね」

そう言ってしまうと空気が重くなっていくのがわかった。しかし今さら話題も変えられず、妹の話に切り替えた。

「由美ちゃんは？　今日は？」

「唐津に帰っとうと。夕方には戻ってくるけど」

聡は、それを聞いて少し安心もした。途切れがちの会話をテレビが補い、やがて時間が迫って来た。

その時、ドアのカギを開ける音と共に妹の由美が入ってきた。

「只今。聡さん、まだおると？　あっ、いたいた。間に合うたっちゃんね」

そう言って紙袋を聡に渡した。

「何、それ？」と、千尋が由美に聞く。

「唐津の松露饅頭ったい」

あきれた顔で、

「聡さんは、甘かもんは、好かんとよ」

と、千尋が言った。

「いや、そうでもないよ。ありがとう」

聡は、由美の早めに戻ってきてくれた、その気持ちを含めて御礼を言った。

「でしょう。たまには甘かもんもいいとよ」

由美は、聡の考えていることを承知で、おどけてみせていた。

その場の空気が、明るくなったのは彼女のお陰であった。その代わり、千尋を抱きしめることはできなくなったが。ドアの出先で、

「じゃあな。由美ちゃん、悪かったね。早めに戻って来てくれて」

「ううん。そげんこつは……」

「千尋、また来るから」

顔を伏せ気味にしていた千尋も、この場は聡の顔に小さくうなずいた。

階段を下りて、歩き始めてアパートの窓を見上げてみた。そこには、千尋の顔がピクリとも動かないで、聡を見ていた。明日から研修の続きが始まるが、気持ちはいつまでも千尋を引きずっていた。

十六　遠距離恋愛

福岡から戻った聡は、引き続き翌日から今回六人採用された新職研修に加わっていた。人事担当が、学園全般の資料と共に創立から今日までの沿革など、語り始めた。しかし、聡にはどうでもいい話であって、心は配属先と千尋のことで一杯だった。いくら建設関連で採用されたとはいえ、最初からすんなりとそういった部署に配属されるという確約はなかった。

いよいよ明日、配属先が発表という日の晩、聡の身体に異変が生じていた。かゆくはないのだが、腕も首筋もそして足まで、小さくて赤い斑点が身体を覆っていた。（なんなんだ、これは）夜ではあったが、人事の研修担当の山根に連絡をした。園内に住居のある山根が、即座にやって来るなり、

「羽村、お前風疹だ」

「えっ？　風疹？」

聞き覚えのある名前だったが、イマイチ病気自体を理解していない。

「風疹は空気感染するから、お前即座に診療室に移動だな」

そう山根は言いつつ、診療室の担当医師に連絡を入れた。

手続きを済ませ、診療室に移ったのは、午後十時過ぎとなった。月明かりのせいか、白いカーテン越しに庭木の揺れる影が映っていた。

（明日から配属が決まるというのに。俺は、なんでこうなるんだ）聡は、他の連中から出遅れると

感じていた。(俺の人生って、いつもこんな感じだ)それは当たっているだけに、落胆の色は濃く、なかなか気持ちを元に戻せないでいた。

それでも、いつのまにか眠ってしまった聡も、部屋のドアをノックする音で目を覚ました。「どうぞ」聡はそう言って、上半身をベットから起こした。看護婦が朝食を運んでくれ、その入れ替わりに中年の男性が入って来た。

「羽村君、おはよう。気分はどうかね?」

見るからに上司といった感じの男性は、そう言いながら、聡のベットの横のイスに腰掛けた。

「おはようございます。あの失礼ですが、あなた様はいったい……」

「おう、そうだったね。私は、君が今日から配属になる、企画室の室長の坂本だ。今回は、災難と言うべきか、事前に隔離できたことが幸いしたのか、まあ君にとっては、不幸中の幸いだったと認識すべきだろうね」

まるで業務用語のように淡々と坂本室長は喋る。

「はい、ご迷惑をおかけします」

そう言って、聡は頭を下げた。

「焦る気持ちもわからないではないが、今は十分静養してくれたらいい」

坂本室長は、朝礼前でもあったため、そそくさと出て行った。

(そうか、俺は企画室に配属になったのか)この千葉学園の組織図を見ると、企画室は理事長を筆頭として、秘書室と同等の位置になっていた。学園に於けるあらゆる企画立案を創り出す位置づけであった。当然、学園の緑地、建設などの計画も、ここで企画し、建設委員会から理事会の認証を得て進められるのであろう。そのため、建設会社との連絡員として、聡は配属になった。にもかかわらず、勤務日初日からベッドに横たわる自分が情けなかった。朝食も、あまり進みはしなかったが、異様な静けさも聡の心をより苦しめていた。

そんな状態から五日目、身体中に出ていた発疹も消え、熱も平熱となり、担当医師から「明日から、出勤していいだろう」と言われ、やっとスタート位置に立てた自分に、聡はあらためて気持ちを奮い起こさせていた。

五月の連休には、さすがに九州へは行けず、小豆沢の実家で三日間過ごし、五日の夕方に寮に戻って来た。

三万坪という広大な敷地を有する中、独身の職員も教員と合わせると百名はいた。男女それぞれに、独身寮は園内に完備されていて、聡は大学の理学部の研究室勤務の谷田という男と同室であった。同じ理系とはいえ、谷田は講師でもあり、聡とは通常の会話以外は、さほど自分から話しかけるタイプではなかった。だからというわけではないが、職場の先輩でもある植月と行動をよく供にしていた。併せて、経理課の勤務になった福部や、谷田の下になるが、新人講師の菅とも、からんで動いていた。

勤務時間は、朝八時半から六時までとなっていたが、昼が一時半までの九十分あり、勤務先の学園本部棟から、食堂に寄って食事しても優に一時間も残ることから、結構重宝する時間のため、そのまま寮で休憩することもできた。

職に就いてひと月も経てば、女性職員の中には既に新人職員のチェックをするものもいる。そんな中、当然聡もリストアップがなされていた。が、既に郵便室の職員からの情報により△印となっていた。

食堂の片隅で女子職員が数人かたまって噂話に近い情報交換をしていた。

「羽村さん、爽やかでいいよね」

「ダメだよ。羽村さん、確か大学九州だったでしょ。福岡に彼女らしき人を残して来てるって、郵便室の洋子が言ってたもん」

それを聞いていた情報処理室の柴田が、

「まだ、はっきりと掴んだわけじゃないんでしょ？　その情報」

「でもさあ、毎週手紙が来るんだよ。同じ相手から」

「で、その相手って？　名前なんて言うの？」

「確か石原千尋って書いてあるって」

「じゃあ、そうかもね」

密かに聡に好意を寄せていた柴田が、

「いい男は、みんな売約済みなんだ」

と言ってため息をついた。

「じゃあ、菅さんは？　谷田さんもいるじゃあない」

ヒソヒソ話も、エスカレートして筒抜けであった。

基本的に学園の環境は、英国の大学などのキャンパスをモデルに進められていた。そういった意味合いも含めて、いくら建設会社との使い走りとはいえ、聡にもそれなりの知識の要求は坂本室長からなされていた。

午後からの勤務になって室長が聡を呼んだ。

「羽村君」

「はい」

聡は、坂本室長の前に行くと、

「君も当学園の総合緑化計画は、知っているだろう。来月、英国の名のある大学へ視察に出かけることになった。ついては、明日、同行を願ってる乃木坂設計の長谷川所長の所に出向いて、参考資料を貰って来てくれ」

「はい。わかりました。で、何時にお伺いすればいいのでしょうか」

「それは、君が所長に連絡をとって、決めたらいい。ただし、ホウ・レン・ソウはちゃんとするようにね」

「わかりました」

早速、所長と連絡を取った結果、午前十時に伺うことになった。その旨坂本室長に報告した。現在の学園の雑然と植えている木の選定など、今後の計画に添っての理事や建設委員会からの仮提案書のとりまとめを済ませて、その日の勤務を終えた。

勤務中に出した物全てを机の中に仕舞い終えて退室することになっているため、片付けていると、斜め向かいの植月が聡に話しかけてきた。

「羽村、今日の夕飯は園外に行かないか。お前と仲がいい谷田や菅にも声掛けて」

「いいんですか？」

「ばかやろう。おごるなんて言ってないぞ！　誘っているだけだ」

「はい、じゃあお供します」

二人は連れ立って企画室のある三階から一階へと降りて、多分食堂へ行くだろうと思われる谷田と菅を待ち伏せしていた。案の定、谷田も菅も現れ、二人を誘って園外へ出て行った。

園内の食堂では、基本的に酒は出ない。但し、創立記念日とか、創設者の誕生日、入学式、卒業式などには出していた。学園の周辺には、居酒屋、一般食堂などが軒を連ねている。植月の行き付けなのか、歩いて間なしにある一軒の食堂に入った。

「いらっしゃい」の掛け声宜しくのれんをくぐると、店のおばちゃんが出てきた。

「植月さん、いらっしゃい。また今日は、初々しい新人さんを連れて来て。いらっしゃい」いかにも、食堂のおばちゃんというにふさわしい貫録のある容姿であった。奥の厨房では、主人がせわしく動いていた。

「おばちゃん、こちらから羽村、谷田、菅。みんな新人だからね。この店をひいきにするかどうかの見極めに連れて来た」

「まあまあ、そうなの。どうぞ、ごひいきに。食堂『かっちゃん』をよろしくね」

一同、直立して一礼してしまった。

「おいおい、園内の職場じゃあないんだから、お気楽にしろよ」

互いに見合わせて、座りなおした。

「ま、おばちゃん、とりあえず焼きギョーザ四人前とビール。あとニラレバ炒めと、焼き魚と焼き鳥ぜ〜んぶ四人前で頂戴」

「あいよ。あんた〜、聞こえたかい？」

「おう！」

奥から主人が叫んだ。

「好きなもん、頼むといい」

まずは、ビールを注ぎあいながら植月が言った。

「いただきま〜す」

コップを片手に新人三人がそう言うと、

「ばかやろう。おごりじゃあないって」

笑顔で植月が言った。そして和やかな雰囲気の中、新人三人のストレスを発散させてやった。機嫌の良い植月が支払いを済ませ、ほろ酔い気分になった四人は、十時前に店を出て、園内の敷地を男子独身寮へと連れなって歩いていた。

左手の女子寮の近くになると、植月が話し出した。

「おい、お前らよ〜く聞けよ。いいか、好きな職員ができたなら、この女子寮を通る時に告白するんだぞ！　それが当学園の男子独身職員の伝統であーる。わかった？　あん？　おい、わかったか！　返事は！」

少々泥酔ぎみの植月に、逆らいは禁物と悟った三人は、「はい」と返事をした。

「よ～し！　じゃあ、ここで、植月にいちゃんが、見本を見せるから、よ～く聞くように」

そう言いながら、植月は女子寮の方向に向かって声を上げた。

「千葉学園にお勤めの女子職員の皆さ～ん。日頃の勤務、お疲れ様でーす。起きてますかぁー。私は、企画室にいる新人の羽村で～す」

さすがの聡も慌てた。

「植月さん、それはないです。止めてください」

自分の名前が出たため、慌てて植月を制止したが、

「やかましい！」

と、聡の手を振り払って、植月は続けた。

「聞こえましたか～？　羽村ちゃんで～す。総務の吉田美奈子さ～ん、起きてますか～。今度、一度でいいからデートしてくださ～い。おねがいしま～す」

聡は、明日のことを考えただけで、職場に行けなくなったと感じていた。女子寮の灯りの数が何事かといわんばかりに増えるにしたがい、小走りで駆け出したのは言うまでもない。むろん、聡が一番に。独身寮に戻り早々に風呂に入ったが、もちろん、明日のことで憂鬱になっているのは、聡だけであった。ストレスを解消しに行って、溜まって帰るはめとなった。

毎月二十五日の晩八時。決まって聡は、独身寮にほど近い電話ボックスにいる。そう、給料日に千円分の十円玉を持って、千尋に電話するのである。七月のこの日も、電話料金が安くなる八時にかけた。千尋も毎月二十五日の八時に、かかって来ることから、大家から呼ばれるのを今か今かと待っていた。

「千尋？　どう変わりない？」

「うん。大丈夫。そっちは？」

「ああ、変わりないよ」

毎月、確かめるようなことから始まる。

「八月の盆だけど、そっちに行くからね。詳しいことは手紙に書くから」

「うん。待っとうけんね」

「ああ、五月は行けなかったから。がっかりしたよね」

「ううん。仕事に就いて間がないんだから、仕方なかよ」

やはり、千葉と福岡ではあっという間に十円玉は電話機に吸い込まれて行く。いくらも話せないジレンマだけが残る。

「千尋、お前を想う気持ちは、変わらないからね」

「うん」

「あっ、もうすぐ十円なくなっちゃうよ。手紙、書くね。じゃあ」

「八月きっと、きっと待っとうけんね」

十分な気持ちをキャッチボールできずじまいに終わる。いつものパターンであった。

「ガチャッ。ピピーピピーピピー」

何を話したのか思い出せないくらいの速さで、現実に戻されてしまう。電話ボックスで受話器を握って佇みながら、千尋を想う強い気持ちだけが、電話ボックスに残されていた。

やがて八月。学校法人だけに、学生が夏期休暇に入っている七月上旬から、静けさに包まれていた。十日からの一週間が職員の休みとなる。聡は、早々に羽田から福岡に向かっていた。玄界灘から志賀島、海の中道、香椎、天神、西新が見えていた。ほんの半年前までいたのに、なつかしい思いが、聡を包んでいた。

ターミナルビルの到着ロビーには、千尋の姿があった。聡は、駆け寄る千尋の肩を抱いた。愛しさがこみ上げてきた。思わず抱き寄せた肩に力が入った。

「あれ、髪切ったの？」

「うん、どう、似合うと？」

「へえー、斬新だ」

「だから、似合うと？」

「わかんない。今まで長かったから、うまく気持ちがシフトしてくんない」

「ずるいったい。そげな言い方」

でも、千尋の顔は笑っていた。

聡の顔を見つめながら、千尋は一時も離れようとはしなかった。香椎のアパートに戻って、一段落しながら、南から吹く海風を肌に感じて、マイルドセブンに火を点けた。千尋の部屋いっぱいに、タバコの匂いが広がった。

「どう、夕飯は翠基楼にでも行く？」

「いいけど、いいと？」

「いいさ。久しぶりじゃん。千尋も、今日は何もしなくて助かるでしょ？」

「ありがとう」

そう言いながら、聡の横に座ってしまう千尋だった。聡には、それが痛いほどわかっていた。（寂しかったんだ）そう思いながら、タバコを深く吸った。宮地岳線の電車の警笛の音も心地良い響きだった。（千尋を、一人にはしておけないいな）そんなことを考えながら、白い煙が部屋中に広がっていった。

聡との楽しい日々は、刻々と過ぎてやがて空しい前兆へと進んで行く。いくらなんでも、お盆の十五日に、実家にいないわけにはいかなかった。

「明日の何時発で帰ると？」

「福岡発の最終便だよ」

答えるのが辛かった。

「お前も夏休みだから、唐津に帰ったら？」

「うん、明日由美がこっちに戻って来るとよ」

「そりゃあ、またどうして」

「幼稚園での実習の打ち合わせがあるとか」

聡は、これでまた由美に借りができたと思った。由美がいれば、また千尋も気がまぎれると思っていた。

「じゃあ、今日は天神にでも遊びがてら、買い物でもする？」

「いいと？」

「そりゃあ、別に構わないよ」

「じゃあ、行く」

適当に朝食を済ませ、二人は天神行きのバスに乗り込んだ。

従来なら宮地岳線の終点の貝塚から、市内電車に乗り継ぐところであったが、地下鉄工事に伴って、市内電車はすでに動いてはいなかった。天神を南北に通る幹線である渡辺通りは、地下鉄工事で鉄板で覆われていた。（福岡もだんだんと、都会じみてきているんだ）そう、聡は感じていた。呉服町にあった大丸も天神に移り、岩田屋と競合し、天神コアもでき、井筒屋と玉屋だけが、取り残されているような感じであった。

大学二年の時、千尋と天神でデートした際、下駄履きだったことが、まるで遠い昔のように思えた。社会人になった二人は、学生時代には縁のなかった岩田屋で買い物をして、西鉄グランドホテルで食事をし、気持ちまで大人びて振る舞った。夕方千尋のアパートに戻って、互いに明日のことは触れようとはしなかった。テレビもそこそこに、気持ちは、早く互いの愛の繋がりを求めていた。

多分、半年後にしか会えないだろうとの暗黙の了解をしつつ、早めにベットにもぐり込む。暗闇の中で、聡は天井を、千尋は聡の胸の中で、瞳を閉じることもなく、言葉を掛け合うわけでもなく、ただただ、そのままの二人でいた。なかなか寝付かれなかったためか、昼近くまで、ベットでまどろんで、遅めの昼食の後、千尋の妹の由美が帰って来た。

「聡さん、ご無沙汰してます」

「やあ、由美ちゃんは、相変わらず元気モリモリだね」

この明るさが救いなんだけど、と思いながら話しかけた。

「由美ちゃんは、千尋と同じ、幼児教育科なんだって？」

「そう、紫蘭短大のね」

「いつから、教育実習なの？」

「夏期休暇が終わってから。ばってん、受け入れ先の幼稚園との打ち合わせがあるとです」「じゃあ卒業したら、由美ちゃんも、先生になるんだ」

「なれればね」

「なれるさ」

たわいもなき会話が続く。彼女がいればこそ、俺も安心していられる。そんなことを思いつつ、時間は過ぎて行く。

「じゃあ、ぼちぼち行きますか」

そう言って聡は腰を上げた。千尋も由美も見送る用意はすでに整えていた。

ＪＲ博多駅で、福岡空港行きのバスに乗り換えた。どうしても、沈黙しがちになる空気を由美が補う。

「聡さん、最終便って何時なん？」

「二十時半かな」

そう答えるまもなく空港ロビーに着いた。搭乗手続きを済ませてロビーのイスに座る。

「ちょっと、コーヒー買って来るから」

そう言って由美は、気を使ってその場を外した

だんまりが続いていて千尋がボソッと言った。

「今度、いつ会えると？」

「やっぱり、年末になるな」

前を見たまま、

「じゃあ、半年も会えんと？」

独り言のように言う。

「ごめん。なにしろ下っ端だから、今のうちに吸収することがたくさんあって、それに」

「何ん？　それに何ん？　そうやって、徐々にうちのこと消していくとやろ？」

千尋が、独り言のように呟いた。考えもしない言葉に聡は、

「お前どうしてそういう発想するんだよ。仕方ないだろう」

「よかよ。うちは。想い出の一部なんやから」

聡は、どう千尋の心を穏やかにしたらいいか、戸惑っていた。（最後の最後に）そう思いつつ、気持ちよく出発したかった。千尋の頬を涙が流れた。日本航空の最終案内のアナウンスが流れる。由美が、戻ってきてくれたのが救いである。戻るに戻れないジレンマが聡を包む。

「由美ちゃん、ごめんね」

「聡さん、いいとよ。大丈夫やけん」

「千尋、じゃあ、また」

それしか言えなかった。

ゲートをくぐり、振り向くといつまでも見入っている千尋と支える由美がいた。やりきれない思いがこみ上げる。深く深呼吸をしつつ、搭乗便のイスにかける。いたたまれない、つらい気持ちを引きずって、ジェットは定刻通りに空港を離陸した。福岡の夜景が素晴らしく映る。でも、聡には冷たく映って見えていた。（真剣に考えないと）心でそう呟きながら。


「羽村、お前今年のクリスマスパーティーで踊るダンスのうちのマンボを担当してくれ」

独身寮の総括寮長をしている総務の丹羽が、聡の部屋にやって来てそう言った。

「えっ！　クリスマスパーティーをするんですか？」

「そうだよ。毎年恒例だからな」

「丹羽さん、でも俺マンボなんか踊れませんよ」

「だから、ペアを組んで柏駅前のダンス教室で二時間しっかりマスターして来るんだよ」「一日だけですか?」

「そうだよ。二時間、しっかりと覚えて、職員に教えるんだよ」

「そ、そんな。二時間だけでは、覚えることもできないし、教えるなんて」

「何言ってんだよ! みんなそうしてきたんだよ。交通費と授業料はこっちで持つから、領収書を提出しろよ」

「は、はい。わかりました」

立ち去ろうとする丹羽の後ろ姿に向かって、

「で、ペアを組む相手は誰ですか? それに、いつ行けばいいんですか?」

「相手は、人事の実近さん。いつ行くかは二人で相談して、ダンス教室の先生に電話して行け!」

(人事の実近さんなんて、知らんぞ)翌日、職場の植月に昨晩の経緯を話すと、

「羽村、ご苦労さん。しっかり習って来いよ」

「植月さん、クリスマスパーティーの踊りなんか適当に、ディスコっぽくやればいいじゃあないですか」

いささか面倒な気持ちを持っている聡は、うっぷんも手伝ってそう言った。

「バカヤロウ。ここのパーティーはすごいんだぜ。なんせ英国風だろう。でも、ダンスはアメリカ風かな? だから、踊りも中途半端じゃあない。羽村が習うマンボだろ。あとルンバ、ジルバ、ブルースとある。お前とペアになった相方と二時間で覚えて、仕事が終わったあと、体育館でみんな

に教えるんだよ。当日は、男子職員も女子職員も着飾ってね、女子職員なんか大変だよ、ドレスなんだから。日頃全く目に留まらない職員が、『あんな子いた？』ってなるんだよ。せっかく着飾ってきたのに、誰とも踊れなかった子なんか、哀れだよ。泣き出しちゃったりして、もう大変。だから、せめて職場の子とは、今後のこともあるから、一回でもいいから踊っとけよ」

聡は、踊りを習うことよりも、当日のすさまじい光景が目に浮かんで、すごいんだと思った。昼の休憩中に、とにかく人事の実近という子を尋ねて人事課を覗いた。

「失礼します。企画室の羽村ですが、実近さんはおられますか？」

「実近さんなら、まだ食堂じゃあないの？　それとも、一旦寮に戻っているかもね」

そう答えるのは、研修でお世話になった山根であった。

「なんだ、羽村君か。戻ってきたら伝えようか？」

ソファーで新聞を読んでいた山根が、顔を覗かせて言った。

「じゃあ、お願いします」

それだけを言って、聡も食堂へ行った。

結局、昼からの仕事に就く前に、企画室に実近は来た。手短に用件を伝え、なるべく早めにとのことで、三時頃にダンス教室に電話して予約を入れた。二人の予定とも調整して、明後日の仕事が終わってから行くことになった。当日、しっかりと二時間、ステップを習得して、土曜日の晩に体育館にて練習が始まった。

自由参加なのは当たり前であったが、踊れないで壁の華になるくらいなら……という子のほうが多く、盛況であった。各ジャンルごとに持ち時間は、三十分である。もちろん、一回だけの練習でマスターはとても無理なので、来週の水曜日と土曜日の二回、夕食後七時から時間が組まれた。

そしてついに、その日がやって来た。おりしも二十四日は土曜日。それもクリスマス・イブでもあった。休みでもあったため、朝から体育館の飾りつけから始まって、食堂の職員によるバイキング料理やデコレーションケーキなど、テーブルもダンスができる中心部分を外して、取り囲むようにセッティングされた。一流とまでは行かないが、結構二流ホテルに負けないくらいの装いになった。テーブルは、職場の顔なじみ同士がくっつく虞を心配して、受付でくじを引いて、各星座ごとに座るケースとした。

夕方五時から受付開始。六時からスタートするにもかかわらず、やはり順調に集まって、開始前に会場は紳士淑女でいっぱいとなった。聡は、この日初めて蝶ネクタイを締めた。見方によってはホストみたいだ。植月先輩は、かに座のテーブルにいた。聡はちなみにしし座のテーブル。谷田は魚座。菅は水がめ座であった。

(え〜、誰も知った奴いないじゃん)そんなことを思いながら、会場を見回していると、秘書室の武本が、こっちにやって来た。

「うへっ！　武本の姉さんだ」

「あら、羽村君。同席じゃない。宜しくね」

「いや、あっ、そうですね。こちらこそ」

聡は、言葉を選べてないまま挨拶をした。

武本は群馬出身で、家はサラブレットを育成する牧場を経営している『いいとこのお嬢様』であった。今宵は、真紅のカクテルドレスを身にまとっての登場である。秘書室にいるだけに美人ではあるが、誠にもって気位の高い、おまけに気の強い姉御肌で、部屋っ子の総務の谷本をとりわけ可愛がっていた。

そうこうしているうちに、定時となり丹羽総括寮長が壇上に立った。

「独身職員の皆さん、こんばんわー!」

一斉の挨拶で体育館が揺れるのを感じた。

「今日は、二十四日のイブで、おまけに土曜日です。うーんと盛り上がって、月曜からの仕事に恋にスポーツに、益々をもって、頑張ってくださーい。では、乾杯をしましょう。グラスを持ちましたか? はい。はい。あせらないのー。じゃあ、独身職員の益々の活躍と学園の発展を願って、かんぱーい!」

一斉に、グラスを合わせる音が響く中、BGMが流れ、クリスマスパーティにふさわしい雰囲気になっていった。十五分ほど過ぎる頃から、パーティーの司会進行役の教育開発課の石田が、

「食事で一生懸命のあなた、ボチボチ身体がうずき始めていませんか? そうです。これより、随時曲に合わせて踊ってくれー!」

その言葉に、会場から一斉に歓声が上がった。

「まずは、ジルバだ。当然、これをかけなきゃ『ロック・アラウンド・ザ・クロック』」

そう、紹介するやいなや曲がかかり、各テーブルで食事していた紳士、淑女は、互いに手を取り

合って、あるいはお目当ての子にモーションをかけて、それぞれ踊りの輪に入っていった。聡も、自分の担当だったマンボ以外で、ジルバは本気で練習をしていた。まずは、企画室の向かいにある教育開発の子と踊った。続けて曲目が、オールディーズの「ダイアナ」に変わると、企画室の大田とも踊った。もちろん、植月の言葉を思い出してのことだった。大田は、この日のためにチャイニーズドレスを着ていた。マンボを踊りながら、

「大田ちゃん、すごいじゃん。その服」

「いいでしょう。実家の近くで買って来たのよ」

軽くステップを踏みながら、そう大田は言った。

「えっ！　実家どこだっけ？」

「横浜」

聡はうなずいた。（なるほど）聡の回転するステップに半歩遅れて大田も回転する。聡にとって、マンボは完全にマスターしていた。

間には、ビンゴゲームや相性診断も入れて、ダンスは続く。そんな中、一息ついて、気の合う谷田や菅とシャンパンを飲んで盛り上がっていた時、武本がヒールの音を響かせてやって来た。嫌な感じが一瞬したが、軽く笑顔を向けようとしたその時、聡の左頬を「ピシャ！」という音と共に、グラスのシャンパンがこぼれた。

「何すんだよ！」

聡は、「ムッ」となって言った。すると顔を赤らめた武本が言った。

「羽村君、あんたうちの谷本が、今日どんな想いで来てるかしらないでしょ。あんたと踊れると思って、ドレスまであつらえて来てんだよ。もうちょっと、気遣いってものもしたらどうなの！　この子の身にもなんなよ！」

そう言いながら、聡を睨み付け、武本の後ろにいた谷本の手をとって、会場から出て行った。

一瞬、その場の時間が止まったようにも思えた。（そんなこと、知るかよ！）聡は、どうしてこうなるのか、理解できなかった。すると菅が、

「羽村、お前練習中に、谷本さんに、『本番は踊ろうね』なんて言ってただろう」

そう言われて、聡も「あっ！」と思った。たしかに、そんな会話をした覚えがあった。「気にすんな。自分本位なオネエサンだからな」そう言って、谷田が慰めた。廻りの連中が見ていたが、やがて何もないような元の空気へと変わっていった。せっかく、楽しく過ごしていたパーティーが、聡には重いものに変わってしまった。

（明日から、当分うわさの対象だな）自分も軽はずみな言葉をかけたということに反省もしないではないが、腹立たしい気持ちが、こみ上げてきた。プラターズの「煙が目にしみる」がかかると、ぐっとライトの灯りを落として、会場は思い思いの相手と踊り始めた。（せっかくのチークなのに）呆然と会場で、皆の踊る姿を見入る聡だった。

月曜日の朝、いつものように、寮から勤務先の本館に向かう道を歩いていたら、案の定嫌な雰囲気になっていた。特に女子職員の目線が、まるで犯罪者でも見るかのようなまなざしであった。（俺

が、そんなに悪いのか）そう思いながら、本館の三階に走りこむように駆け上がった。

仕事前で形式的に挨拶する同室の大田だったが、

「羽村さん、ちょっと」

そう言って、給湯室に羽村を誘った。

また、土曜日のことをあることないこと、聞き出すのかといささかうんざりしていたが、「大田君、なに？」

給湯室に入るなり話しかけた。

「羽村さん、土曜日のことは、気にしなくていいよ」

「えっ？」

「だから、土曜日の件は、深刻ぶることないって」

いささか拍子抜けに感じた聡は、

「軽蔑してたんじゃあないの？」

「ううん。たいていの女子職員は、羽村さんに同情しているんだから。だって、一方的に好かれたって迷惑だし、恵ちゃん（谷本）が武本さんに頼み込むこと自体おかしな話なんだから」

「まあね、部屋っ子だから、一肌脱いだんでしょ」

聡は大田の話を聞いて、気が楽になった。（みんな、わかっているんだ）

「大田君、ありがとう」

「うん。なんだか、羽村さん気にしていそうだから」

「お茶、うんとおいしいやつ入れてね」

「そうね」

そう言って、職場に戻った。朝から仕事に集中できそうになった。

「おはようございます」

坂本室長が入って来た。

「おはよう。羽村、今日はやけに力が入ってんな」

「はい。ありがとうございます」

自然と心まで軽くなっていった。


年度末でもある、三月を無事クリアして、また桜の咲く新学期の四月を迎えた。二年目を迎え、聡も幾分生活にも慣れ、今年のゴールデンウィークには、福岡に行けそうだと、給料日の晩、公衆電話から千尋に伝えていた。

「本当？　本当に来れると？」

「ああ、大丈夫。四日は平日なんだけど、有給を取ったから、七日の日曜日までの五連休になった。その代わり、二日は残業して、仕事を片付けることになるから、三日の朝羽田を発つね。午前中には千尋のとこにいることになる」

「うん」

「だから、あと一週間ほどの我慢だ」

「うん」

「なんだ。うんしか言わないんだ」

「うん」

聡には、電話の向こうで泣いているのがわかっていた。でも、悲しい涙じゃないから、そのことには触れなかった。そうこうしてるうちに、「ピピー」という、通話切れの鳴る音にせかされ、

「もう、これまでだ。詳しくは手紙に書くからね。じゃあ」

「聡……」

「えっ？」

千尋が、めずらしく名前を呼んだところで、電話は切れてしまった。（めずらしいな、名前を呼ぶなんて、何かあったのかな？）そんなことを思いつつ、寮に戻って行った。

三日の朝、聡はモノレールの中にいた。前日は、夜遅くまで、仕事に追われていたせいか、少々疲れ気味であった。定刻通り八時三十分に離陸。富士山を拝みたいと思いつつ、いつのまにやら寝入ってしまった。気づいたのは着陸前のアナウンスが流れている中であった。

福岡空港の到着ロビーから出て、西鉄バスで博多駅まで。電車で香椎駅まで乗って、そこから久しぶりに歩いて御幸町まで来た。いまでも、この通りを歩くと学生のままのような気分になる。授業を抜け出して、パチンコの開店に並んでいたあの頃がなつかしく頭に思い浮かんだ。たった一年半ほどなのにと、一人思い出し笑いしながら、千尋のアパートの階段を上がって行った。冬に訪れた時以来、久しぶりにドアをノックする。

「はい」

という、聞きなれた声がして、ドアが開いた。

「おう」

気恥ずかしさからか、そんな言葉しか言えなかった。

「今さら、お土産もないだろうけど、羽田で買って来た」

そう言って、聡は千尋に草加煎餅を手渡した。

「便利だよな。やっぱり飛行機だ。朝発てば午前中には着いちゃうんだもの」

そんな、たわいのない会話でしか間を埋めることができない自分が恥ずかしかった。

千尋は、気持ちをずっとしまい込んだままであった。それが溢れ出てきそうで、押さえ切れない状態なのが聡にもわかっていた。立ったまま千尋をぐっと引き寄せて、両腕の中に包み込むように抱きしめた。そして耳元に「ただいま」と、言った。「うん。お帰りなさい」その言葉を言ったと同時に、千尋は涙が止めどもなく溢れて、聡の腕の中に身を任せて泣き続けた。

少しすると安心したのか千尋が呟いた。

「お腹空いたっちゃろう?」

「そうだな、もう昼だしね」

少し時間が必要だったが、これで心もいつもの二人の軌道に乗せることができたと聡は思った。互いの仕事の話や、友人の近況のことなど、会話は尽きなかった。

その夜、狭くて寝づらいベッドに横になりながら、聡の傍らで千尋が心の奥底にしまっていた想いを話し始めた。

「うちね、聡が卒業して東京に戻ることになってから毎日ね、聡にさよならを言い続けてきたと。その日、その日が最後だと思ってね。だから、覚悟はしとったとよ。でも、離れると日に日に気持ちが壊れて、毎日お腹ん中、力を入れんと生きて行かれんようになったとよ。いつまでこんな思いば、続けて行ったらいいと？　うちのこと、今でも好いとうと？」

痛いほど千尋の気持ちがわかっていた。愛おしさがこみ上げてきた聡は、瞳を閉じている千尋の瞼に口づけしながら、息が止まるほど抱きしめ、自分の思いも千尋に伝えるかのごとく、愛してやまなかった。

「ああ、好きだよ。今も、こらからも」


翌朝、右腕の痛みで、目が覚めた聡に、声がかかる。

「おはよう」

「う〜ん、おはよう。今何時？」

「九時になるところ」

疲れが抜けきらない身体を起こして、窓越しに外の景色を見る。商店街を行き交う人を見ながら、頭の中は千尋とのことを考えていた。今回の最大の目的は、千尋との今後について話し合うために来たようなものだからだ。

「タバコ吸わないの？」

と、千尋が灰皿を出しかけていたところに、予想もしなかった返事が帰って来た。

「えっ？　ああ、タバコはやめたんだ」

「えー。やめたと？」

「うん？　まあね。まだ一月だけどね」

自分の知らない聡を知ったようで、ちょっと寂しいと思った千尋だったが、すぐさま打ち消した。

遅めの朝食をとって、気持ちを改めさせて聡が言い出した。

「千尋、あのね。今回こっちに来たのは、もちろんお前に会いにきたんだけどね。それだけじゃあないんだ。いつまでもこのままじゃあいけないし、千尋も不安だろうし。今度の夏に、うちに来ないか？」

「うちって、実家のこと？」

「そう」

「えっ遊びにってこと？」

「まあ、軽く考えて遊びに。深めに考えて、うちの親父とお袋に会わせたいんだ」

「なんか、怖かね」

「そんなことないよ。いずれは、会わせなくてはと思っていたし、その後、今度は俺がお前のご両親に挨拶に行くから」

「うん」

千尋は、うれしさには程遠い、緊張顔で答えた。

「うちでいいと?」

「えっ、なにが?」

「うちのこと、そこまで考えていたと?」

「今のままじゃあ、いけないでしょ」

千尋の心に何が潜んでいるかは、あえて正さなくても聡は感付いていた。しかし、何年も前のくすぶりである。今は遠い思い出になっていた。それを払拭するかのように
「俺じゃあ、ダメですか?」

と、千尋の顔を覗きこむように言った。千尋も気持ちを切り替えて
「ありがとう」

と、言ってうつむいてしまった。

「お前、昨日から泣きっぱなしだ。目が腫れちゃって、どこにも行けなくなるよ」

「よかよ。聡とずっといられるとなら」

そう言って聡の胸にすがりついた。

「ばか」

そう言いながら、聡は千尋を抱きしめた。そして、気持ちが軽くなったことに(楽になった)と感じていた。五月の風が気持ちよく吹いて、身も心も爽やかな五月晴れとなった。

この年の秋、聡は筑肥線に乗っていた。そう、千尋の両親に会いに唐津に向かっていたのである。

「虹の松原」の延長線沿いの半島に唐津城の天守が、雲一つない秋空の下、きらめいて見えた。（城下町）そう、聡は呟いた。まもなくして「東唐津駅」に着くと、千尋が迎えに来ていた。「よう」そう言って、千尋に向かって歩いた。

「お疲れ様」

晴れやかな顔つきの千尋は、聡と連れなってタクシー乗り場から、自宅へと向かった。

海辺近くの自宅には、祖母と母親が待っていた。聡は緊張しながらも、二人と挨拶を交わし、仏壇に線香をあげた。海風が頬に心地よかった。

「お父さんが、釣りば行って、まだ帰って来よらっさんとよ」

そう言いながら、申し訳さなそうに、聡に小声で伝えた。

「足ば、崩してよかばってん、も少し待っといて。ネクタイは、ダメばい。うちのお父さん、そげんこつ、うるさかもんね」

そう言いながら、母親のいる台所へと行ってしまった。

夕方になっても、いっこうに父親は帰って来なかった。聡はくつろぐことができず、しだいに窮屈な心持ちを抱きつつ、父親に正式に挨拶が終えられないジレンマが増幅していった。すると、居間に夕食の支度が整ったその時、縁側から父親が現れた。

「今、帰ったよ」

突然の出来事だった。聡は、心の準備をする間がなかった。とっさに正座し直して、挨拶をした。

「は、初めまして。羽村聡といいます。今日は、お休みのところ、お邪魔して申し訳ありません」

そう挨拶する聡の横を通り過ぎて、部屋着姿になった父親は、

「まっ、飯ば食べながら聞こうかね」

そう言いながら、いつも座っているのか、仏壇を背にして腰を下ろした。

千尋と母親も座り、まるで面接でも受けているかのような格好になって、千尋との経緯を聡は話した。で、肝心な言葉を最後に付け加えた。

「今日は、千尋さんとの、結婚を許して頂きたく、来させて頂きました。何卒、宜しくお願いします」

聡は、自分の心臓の鼓動が高まるのを感じつつ、どうにかこなせた安堵感も持ち合わせていた。

少し間をおいて、父親が口を開いた。

「うちの千尋が、どうしてもあんたじゃあなきゃあ、いかん言うとりますばってん……しょんなかですもんねー。まっ、こちらこそ、よろしゅうお願いします」

その言葉を聞いて、聡は全身の力が抜けていくのを感じ取っていた。

こうして、翌年に結納を交わし、さらに半年後、挙式を終えて千尋は聡のいる東京へ向かった。大学一年の聡と高校三年の千尋は、長い年月を経て、人生を共に歩むことになった。

十七　再び福岡へ

「お父さん、綾子と私は着付けをしてもらうし、他にいろいろ時間がかかるから、先に出るからね。

あと、戸締りお願いね」

「ああ、忘れ物しないようにな」

そう言葉を交わしながら、千尋と娘の綾子は、聡たち男連中より先に出発した。

千尋と結婚して早三十八年過ぎていた。二人の間には、二男一女の子供たちが成人し、今日は娘の綾子の嫁ぐ日であった。

学校法人の職員であった聡は、父親の経営する繊維業を三十歳で継ぐことになったものの、今後の展望が見出せない状況の中、四十五歳で廃業し、医療関係の職に就いていた。父親が、廃業を知ることなく他界したことが、せめてもの救いだった。

長男と次男と三人で、小豆沢の自宅を出て、タクシーで式場に向かった。赤羽駅近くのホテルが会場であったが、モーニングに着替えながら、自分の娘が嫁ぐことに、昔の自分たちの挙式の模様とダブって見えていた。久しぶりに、千尋の両親や兄弟も揃い、ささやかながらも心温まる式となった。

久しぶりに会う、中央林間の姉の元に母親をお願いして自宅に戻って、くつろぎながら、娘が嫁いでいった寂しさを味わっていたら、お茶を入れて来た千尋が、

「寂しいんでしょ？」

そう言って、聡の顔を覗きこんだ。

「まあな」

それ以上の言葉が出てこなかった。（千尋を出した両親も、そうだったんだろうな）そんなことを

思いながら、お茶をすすった。（随分と長い年月が経ったな）とも思う、静かな秋の夜であった。

娘が嫁いでから一ヶ月、もとの生活に戻った夕方、仕事から帰って居間のテーブルを見ると、聡宛てのハガキが来ていた。手にとって見ると、大学時代の友人、安東からであった。「久留米」の住所で本人とわかるくらいの記憶であった。寮時代の同窓会を開催するという案内であった。知らぬ間に、何人かは既に他界しているという。元気なうちに会おうというものであった。

（福岡か。なつかしいな。何十年も行っていないな）千尋の実家には、ときたま行ってはいたが、福岡は素通りだった。子供たちも成人したし、勤めにしても再就職をして、早六十歳を過ぎ、今は一年ごとの雇用契約の聡には、責任あるポストはあてがわれていなかった。（行って来ようかな）なつかしい、寮時代の仲間の顔が次々と浮かんだ。久しぶりにアルバムを取り出して、大学時代の写真を広げた。ヒデキや田中、隆夫も、そして千尋や奈々も、みんな若い。まさに青春していた。

千尋は、アルバムを見ているそんな聡を見ながら、

「昔の写真眺めても、戻らないわよ」

半ば、冷めた口調で言った。

「そんなことは、わかってるさ。でも、なつかしいな」

しばらく眺めていたが、今のうちに会っておこうとの思いで、十一月の「文化の日」を二重丸でカレンダーに記した。気持ちはすっかり、大学生になっていた。

当日の午後、天神近くの渡辺通りに面したビジネスホテルに早めにチェックインした聡は、同窓会開催まで一時間あまりあるため、会場まで歩いてみようと外に出た。

あいかわらず西鉄バスの多さには圧倒される。天神コア、福岡ビル、天神ビルそして郵便局などの面影のある建物以外、随分と様変わりしていた。千尋と会った松屋レディースも今は違う名前のビルになっていた。昔なかった百貨店の三越が、西鉄福岡駅に隣接して君臨している。渡辺通りを挟んだ向かいにある博多大丸が、当時呉服町から移転したてだったのが懐かしく思えた。

むかし、ここを下駄履きで千尋と会っていたなんて、想像もできないくらい都会化してしまった。自分たちがいた頃の交通の足だった、西鉄福岡市内線に替わって建設されていた地下鉄も空港線、貝塚線、七隈線の三路線あるとのこと。あのクリーム色とこげ茶色のツートンカラーの市内電車が、懐かしい。あの時代、ひょっとしたら福岡という街は、大阪や東京のような大都会に憧れをいだいていたのかもしれない。そんなことを思いながら、一直線に南北を貫く渡辺通りを歩く聡だった。

天神から西へ曲がり、西鉄グランドホテルの向かい側あたりを見ると、本日の会場となる懐石料理店があった。入り口には「九州文理大学香椎寮ご一行様」の看板が掲げてあった。のれんをくぐり、部屋へと案内されると、中から数人の男の声がしている。障子を開けると、見覚えのある顔が怪訝そうにこちらを見つつ聡を迎えた。

(安東だ!)

「おい。安東だろう? 俺だよ、俺。聡」

記憶の呼び出しに一生懸命なその男は、

「えっ聡？　……お～聡！」

そう言って、抱き合って再会を喜んだ。

「聡、お前変わったな。昔の面影ぜんぜんないっちゃん」

「そう？　自分じゃわからないけどね。もっとも、頭が寂しくなってるけどね」

そう言いながら、聡は薄くなった頭をなでて見せた。

「元気だったか？　ハガキありがとな」

「なんば言いよると。そいでん、よう来たっちゃねー」

「そりゃあ、来るさ。大学の同窓会よりも、寮のほうがそれだけ魅力的だからな」

「おーい。みんなぁ～、聡ばい」

そう言って、みんなに声を掛けた。どこか大らかな面影のある男が近づいてきた。

「ヒデキ？」

満願の笑顔で、握手する。

「聡？　なつかしかー。お前、随分と変身したなぁ～」

(ああ、ヒデキこと織田だ。お前まで、そう思うのか）もう心は、学生に戻っていた。

「お前、どこにいるんだ。年賀状出したって、戻ってくるから。どうなってんだろうと気になってた。今どこにいるんだ？」

「いやー悪い悪い。中国の建設現場に長いこといたから」

そうやって、むかしの面々と早くも盛り上がって、話が尽きなかった。沖縄出身の隆夫も、愛媛の北条も、容姿はお互いに当時の面影ではないにしろ、学生だから許された話に花が咲いた。

そのうち、宴も盛り上がって隆夫が言い出した。

「聡、千尋さんは元気？」

「ああ、変わらないよ。いや、もっとも体型は大きく変わったけどね」

そう言いながら、両腕を文字のO型のようにして見せた。

「色白だったよな」

そう言いながら、田中が話に加わった。

「田中、お前のお陰で続いたようなもんだからな、ありがとう。その節はお世話になりました」

「いやーそれはないけど。でも、まさか結婚するとは思わんかった」

「まあな」

聡は、千尋とのいろんなことまでは話さず、苦笑いでその答えを流した。

「俺は、早々に奈々さんに断られたっちゃんねー」

聡は、ヒデキのその言葉に、割って入った。

「ヒデキ、それっていつ頃のことだった？」

「ああ、確か奈多にみんなと行った時ったい。付き合って欲しいって、言ったっちゃん。そいでん、その気がないって言われて、もうショックでな〜んもする気がのうなったもんねー」

「それ、本当か？　俺は、お前が奈々さんと、そんな話をしていたなんて知らなかったよ」聡は、今初めて真実を知らされた感じで、ある意味新鮮さを感じていた。

「まあね。別に『奈々さんと、ダメになりました。報告終わり』みたいなこつ言うっとか？　言わんやろ」

聡は、自分自身にも（だから、なんなんだ。奈々自体どんな想いを持っていたのかわからないじゃあないか）そう自問していた。

盛り上がって記念撮影終了後、それぞれ仲間との二次会へと流れ、おきまりのカラオケ、那珂川沿いの屋台で博多ラーメンをすすって、解散となった。もちろん、連絡先を確かめ合って。ホテルに戻ったのは日が変わって、既に一時を廻って、久しぶりの午前様となった。

シャワーを浴びるまでは確かであったが、ベットに横たわるまでの記憶と目覚めた時の、眠るまでの記憶が曖昧で、完全に飲み過ぎていた。楽しかったひと時であったが、ヒデキが、奈々からふられた話はいささか、心に残っていた。ふと、奈々と初めて出会った大濠公園に行ってみたくなった。今、何時かと部屋の時計を見た。（午前九時四十分だ）ホテルの朝食には間に合わないため、着替えてからチェックアウトして外に出ることにした。

（そうか、昔の面影ないのか……）着替えの時の鏡に映る自分の姿を見ながら、昨晩の安東の言葉を思い出した。

天神地下街のコーヒーショップでモーニングを頼んで、軽めの朝食とした。（確か俺が大学四年の頃にできた地下街だったよな。千尋が俺にライターをプレゼントしてくれたっけ）そんなことを思い出しながら、地下鉄天神駅を目指した。

天神駅から二つ目が大濠公園駅だ。すべるように、そして静かに電車がホームに入る。地下鉄は、千尋の実家の唐津まで、利用はしていたが、途中下車するのは初めてであった。乗車している人々の会話が聞こえる。昔のような博多弁が聞こえてはこなかった。(随分と都会っぽくなってんだな)そんなことを思っていると、間なしに大濠公園に着いた。

階段を上がり地上に出ると、通りを挟んで、右手方向が桜の名所の西公園。左手に進むと、見覚えのある建物が見えてきた。そう、一番最初に、ヒデキと奈々と陽子の四人で入ったレストランである。(すごい、今でも残ってんだ)妙な感激をしつつ、大濠公園の門をくぐった。

前面にひろがる濠が、当時の自分に戻してくれる。(むかしのままだ)そう思った。多少の整備はされているものの、変化の激しい福岡の街並みに比べれば、うれしいくらいのもてなしであった。池の中央に架かる石橋が見える。(なつかしいな、観月橋だ)橋のたもとの欄干を手のひらでさすってみる。そんなことをしながら、風景を眺めると、当時の思い出が甦って、聡の頭の中を駆け巡る。そんな時、ふと後方から自分に声を掛けていることに気づいた。

「すみません」

振り向くと、若いカップルが話しかけてきた。

「はい?」

「すみません。自撮りで上手く撮れないので、代わりに撮っていただけませんか?」

「いいですよ」

そう言うと、おもむろに学生風の男の方が、スマートフォンを差し出した。

「ああ、スマホね」

そう言いながら受けとり、不器用な格好をしながらも仲の良さそうな二人に向けて撮った。

「学生さん？」

「はい」

「福岡の？」

「ええ、文理大です」

聡はその言葉に親近感を覚えて、

「そう。私も文理大だったよ」

「おじさんもですか？」

「ああ、遠い昔だけどね」

「どうも、ありがとうございました」

そう言って二人は、聡の前を通りすぎていった。

二人の後ろ姿を見ながら、過ぎ去った遠くの自分とだぶらせていた。（いろんなことがあったな）

一人思い出しながら、なつかしがっていた。奈々と初めてここで会ったから、千尋にも会えたし、そして今の自分たちがいる。なんか不思議な感じがした。人の人生なんて本当にわかんないな。運命は、やっぱり神様しか知らないんだ。そんなことを考えながら、橋のたもとにたたずむ聡だった。

ちょうどその頃、一見して親子と思われる二人連れの女性が、大濠公園の南入り口から、中央の小島の散策道を通って、観月橋にさしかかろうとしていた。これから買い物にでも出かけるのだろうか。着飾っている姿から想像できる。

（さて、ぼちぼち博多駅に戻ろうかな）聡は、時計を見ながら歩き始めた。あまりの寒さで、ティッシュを取り出して鼻をすすった。その時、キップを落としたのを、聡は気がついていない。その姿を見ていた二人連れのうちの大学生風の娘の方が「落としましたよ」と、声を掛けた。聡は、後ろを振り向きながら、今しがた落としたJRのキップを拾って、二人の女性に向かって軽く頭を下げた。娘も軽く「いいえ」と答えた。

娘が、母親に小声で、

「あのおじさん、頭が薄いけど、歳のわりには素敵に見えるね」

と、話しかけた。

「そう？　そうったいね」

母親も、振り向いて挨拶した男性の姿を見て、そう言いながら、

「そういえば昔、格好のよか男性がおったとよ」

思いもよらない母親の言葉に、

「えー！　お母さん、何それ？　聞かせて、聞かせて」

そう言いながら、母親にせがんだ。

「もう、さくらも大人やけん、話してもいい頃ったいね。でもお父さんには、内緒ばい。昔のことばってん、妬きもちば焼くっとつまらんけんね」

そう言って、母親は話しだした。

「もう、ずーとずーと前の話。お母さんが、まだ鳥飼高校の頃のこと。ものすごく、格好が良くて素敵な人に、ここで出会ったと。そいでん、もうお母さん、ときめいてしもうたとよ」

母親は、少しばかり照れ気味に、そして恥ずかしそうに話を続けた。

「寝ても覚めても、そん人のことば気になって、胸が痛うなるし。まるで、ジュリーと森田健作をたして二で割ったような顔立ちの人だったんよ」

「お母さん、その人とうまくいかんかったと？」

「うーん。うまく行く前に、お母さんが身を引いたとよ」

「なーんして？　もったいなかねー。なんかあったと？」

「まあね、いろいろあったばってん、気持ちの上で負けてしもうたとやろうね」

そこまで話して、自分を納得させるかのように、

「負けてしもうたと」

と、呟いた。

娘に当時の思い出話をしながら、この親子連れは、いつものように観月橋を渡って公園の外にあるバス停へと向かった。そして、話の最後に、

「これも、運命ったい」

母親がポツリそう言った。遠い昔をなつかしむように、そしてほんの少し未練も残して。

完

織田勝彦　大分県杵築市在住。
地元建設会社に入社後、大手ゼネコンの下請けとして中国に赴任するが、体調を崩して帰国。六十歳にて、定年退職。

田中治夫　鹿児島県薩摩川内市在住。
地元建設会社営業部長として勤務。六十歳にて、定年退職。

下里隆夫　沖縄県浦添市在住。
許婚と卒業後結婚。親の工務店を兄と経営。その後独立。

安東　剛　福岡県久留米市在住。
地元建設会社に、スポーツ事業の工事課の部長として勤務。六十歳にて定年退職。

小西幸雄　大手ゼネコンに入社。有能社員として評価を受け、昭和六十三年、タイ国国営のプロジェクトの一員として派遣されるが、建設現場にて事故死。

桜井奈々　福岡県福岡市在住。
大学四年在学中に結婚出産。

石島初音　福岡県八女市在住。
地元医療関係の男性と結婚。

相田美和　福岡県北九州市在住。
九大医学生と卒業後結婚。

石原由美　福岡県筑紫郡那珂川町在住。
博多大生と卒業後結婚。

1973~1976当時の福岡と現在とは住所表記をはじめ、街が変わっている。

・1982年　旧西区から、西区、早良区、城南区に分割となる。
・1983年　福岡市営地下鉄開業に伴い、博多駅から姪浜駅までの区間は廃線となり、同区内にある鳥飼駅も廃駅となる。
・1987年　日本国有鉄道（国鉄）の分割民営化により、九州管区はJR九州となる。
・1997年　旧古賀町から古賀市となる。
・2007年　西鉄新宮から津屋崎間の廃線により、西鉄宮地岳線は、西鉄貝塚線となる。

著者略歴

濠多きすい（ほりた　きすい）

昭和30年１月15日生まれ。岡山県津山市出身。現在、診療報酬技能士として総合病院の救命救急センターに勤務する。城郭研究家としての著書『新版　岡山の山城を歩く』『戦国山城を攻略する』（いずれも吉備人出版）がある。

70年代博多青春記「好いとぅ」

2017年3月27日初版第１刷発行

著　者――濠多きすい

発行所――吉備人出版

〒700-0823岡山市北区丸の内２丁目11-22

電話086-235-3456ファクス086-234-3210

振替01250-9-14467

メールbooks@kibito.co.jp

ホームページhttp://www.kibito.co.jp/

印刷所――株式会社三門印刷所

製本所――株式会社岡山みどり製本

乱丁・落丁本はお取り替えいたします。ご面倒ですが小社までご返送ください。

ISBN978-4-86069-493-7　C0093